Antoine de Saint-Exupéry

风沙星辰

Terre
des
hommes

［法］安托万·德·圣埃克苏佩里 著

梅思繁 译

四川文艺出版社

果麦文化 出品

本书献给我的伙伴亨利·纪尧姆

目录

序　　　　　　　　　　　　　　1

第一章　航线　　　　　　　　　3

第二章　同伴　　　　　　　　　29

第三章　飞机　　　　　　　　　53

第四章　飞机与地球　　　　　　59

第五章　绿洲　　　　　　　　　75

第六章　沙漠中　　　　　　　　85

第七章　在沙漠中心　　　　　　127

第八章　人　　　　　　　　　　185

附　录　飞行员与自然的力量　　215

序

　　大地所给予我们的一切，比这个世界上任何的书籍都更为深远。因为它始终在挑战着我们。人类在遭遇阻碍的那一刻，也恰恰是他发现了解自我的契机。为了达到这个目的，我们必须拥有合适的工具，比如一张犁，一把刨子。农民在耕作中，总能借助着他手里的工具，一点一点地挖掘到那属于自然的各种秘密。而这些隐藏在土地中的奥秘，又时常蕴含着普世的真理。飞机就是这样一种工具，它引领着人们，走到世界面前，审视着、解读着千百年来困扰人类的关于宇宙的种种。

　　我的眼前始终浮现着第一次在阿根廷的夜间飞行。昏暗的夜晚，平原上微弱的光线，好像空中零落的星光。

　　这片黑暗的海洋中的一切，都在诉说着意识的存在有多么的珍贵。那一刻，也许有的人正在阅读思考着，互相倾诉着各自的心声。也许有的人正全神贯注地探索着宇宙的奥秘，计算着仙女座离我们究竟有多远。还有的人，在某一个角落，相爱着。远处乡间闪动的灯火是人们生活在此处的证明，这些灯火中最不起眼的是诗人、老师和木匠的。在这些闪亮的光线中间，又有多少关闭的窗户、暗却的星光与沉睡着的人们……

我们要试着走近这一切。和乡间那灯火阑珊处，轻轻地聊上几句。

第一章

航　线

La ligne

月亮在一层苍白如雪的雾气中,像一堆木炭似的逐渐熄灭了。头顶上的天空,立即被云层遮盖了起来。我们行走在云层与雾气中,一个全无光影的空洞世界。

1926年，我以年轻飞行员的身份进入拉泰克埃尔公司，这家公司在邮政航空和法国航空之前承担着图卢兹到达喀尔航线的飞行。我也是在那里学习了有关飞行员这个职业的一切。和所有的同行们一样，在有幸驾驶飞机前，我经过了那么一段新手的实习期。试飞，从图卢兹到佩皮尼昂的来回旅行，冰冷的停机库里令人抑郁的气象课程。我们生活在对陌生的西班牙山脉的恐惧中，以及对前辈飞行员的某种敬畏的情感中。

　　这些常常在餐厅中与我们擦肩而过的老飞行员，看起来粗糙而冷漠。他们时常有点高高在上地给我们这样那样的意见。当他们其中的某一个，从阿利坎特或者卡萨布兰卡飞回来，穿着被雨淋湿的皮夹克来到我们中间时，总有一个新飞行员，会忍不住腼腆地向他询问关于旅途的一切。他们简短地回答着,向我们叙述着在空中所遭遇到的风暴。这一切的讲述对我们来说,构成了一个无与伦比的世界。那是一个充满了陷阱与圈套,四处皆是悬崖的世界。狂暴的气流能将雪松连根拔起。在这个世界里,黑色的长龙守卫着山谷的入口,千万束的闪电好像花环一般覆盖着山顶。老飞行员们以他们精湛的技艺让我们敬佩。然而迟早有那么一天,这种尊敬将会变为永远的怀念。他们当中的某一个,会消失在茫茫高空中,再也无法回到我们中间。

我还记得某一次比里飞行归来的场景(比里后来丧生于克里比耶山脉)。他当时坐在我们中间,一言不发地大口吃着饭。他的肩膀好像被旅途中的辛劳挤压着,难以抬起。那是一个天气恶劣的夜晚。从航线的这一头到它的那一端,天空是腐烂的。飞行员穿越在山脉中,如同旧时帆船上被切断了绳索的大炮,在甲板的污泥上,前后左右地震动着。我看着比里,咽了口口水,然后小心地问他旅途是否顺利。比里似乎没有听见我的问题,皱着眉头,身体向面前的盘子倾斜着。当天气恶劣的时候,驾驶敞盖飞机的飞行员为了清晰地观察外部的一切,必须将身体探到挡风玻璃外。机舱外的寒风毫无遮挡地涌入双耳,久久不散。比里终于抬起了头,像是听见了我在跟他说话。他尝试着在回忆着什么,然后忽然爽朗地笑了起来。他的笑声顿时点亮了我。比里很少笑,而他短暂的笑容似乎也立即甩掉了脸上的疲倦。他并没有对自己的胜利做任何的解释,微笑散去后,就又低下头,无声地咀嚼着。在这个灰暗的小餐馆中,在一群群努力驱赶着白天疲惫的普通公务员中,这个肩膀沉重的同事却显得如此高贵。在他粗犷的外壳下,我仿佛看到了一个天使如何战胜凶猛黑龙的场景。

终于有那么一个晚上,主任把我叫到了他的办公室。他简单地对我说:

"您明天出发。"

我站在那里,等待着他允许我离开的指令。一阵沉默后,他说:

"所有的相关条例,您都已经了解了吧?"

那个时期的引擎并不具备如今的安全性能。引擎在毫无征兆的情况下突然失灵,发出一阵盘碗被摔碎般的响声,是飞行员经常会遇到的事故。这种情况下,向岩石盘踞、没有任何避难所的西班牙大地举双手投降，是我们唯一的选择。"当引擎报废，飞机也无法支撑太长的时间。"但飞机坏了是可以替换的，最重要的是不能盲目飞入岩石区。因此航空公司以最严厉的惩罚，禁止飞行员在山区的云海中飞行。遭遇引擎故障的飞行员，常常会进入这一片白茫茫的海洋，然后在完全看不清楚周围的情况下，一头撞在山尖上。

这就是为什么这天晚上，一个沉重而缓慢的声音再次向我重复着相关的条例："在西班牙，跟随着指南针的指示飞越云海，那是非常美丽而优雅的。但是……"

那个声音变得越发的缓慢："但是请您记住，在那层云海下隐藏的，是永远的消失。"

一瞬间，这个静谧、平坦而简单的，当你从云海中浮出的那一刻探索到的世界，对我而言忽然拥有了一种完全陌生的意义。那种温柔变成了一个陷阱。我能够想象得出，在我脚下铺展的这片白色海洋，隐藏着如何致命的骗局。那里既没有属于人的喧嚣与骚动，也没有城市中的车水马龙。占领它的，只有无边的、绝对的寂静。对我来说，这个白色的海洋变成了一条界线。它分隔着现实与幻境，让已知的世界与未知的一切遥遥相望，无从聚首。我猜想，一种景观本身也许是没有任何意义的，只有通过某一种文化、某一种文明，或者某一种职业来诠释它的时候，它才拥有属于它的内涵。就好像那些山里人，他们也一样见过白色的云海。然而他们永远不会发现，云海下那层无与伦比的幕帘。

当我走出主任办公室的时候，一种幼稚的骄傲占据了我的内心。黎明来临的那一刻，我就将载着乘客和邮件，成为飞机上的指挥者了。但是在骄傲的同时，谦卑之情依然在我心中无法挥去。我觉得自己并没有完全做好准备。西班牙是一片缺少避难所的土地。我担心如果在飞行中真的遇到严重机械障碍，我会难以找到迫降的平原。我反复查阅着地图，然而它除了一遍又一遍地将那片贫瘠的土地呈现在我面前，并没有给予我任何我需要的信息。怀揣着混杂骄傲与担忧的情绪，我决定与纪尧姆一起度过这个初航前夕的紧张夜晚。纪尧姆是我的同事，他已经在我之前飞越了这条航线。他握有打开西班牙种种秘密的钥匙。而此时我需要的，正是来自同行的经验与引领。

当我走进他家时，他微笑着对我说：

"我已经听说了，你高兴吗？"

他走到壁橱边,从里面拿出一瓶波特酒和两只杯子。然后依旧微笑着走到我身边:

"我们把这瓶酒喝了。你等着瞧,这可管用哪。"

纪尧姆一身的自信,好像那点亮整个房间的灯泡一样,挥洒得遍地都是。而正是他,在几年以后,打破了往返于安第斯山脉与南太平洋的飞行纪录。但那天晚上的他,穿着衬衫,脸上带着无比祥和的笑容,双臂交叉在胸前,站在灯光下,简洁地对我说:"无论是狂风、大雾还是下雪,当所有阻碍你飞行的因素出现的时候,你只要想一想在你之前,已经经历过这一切的同事们,然后对自己说,'别人能成功的,我也一样能完成。'"但在他说完这些以后,我还是摊开了地图,请他好歹和我一起再看看这场旅行的飞行路线。坐在台灯下,弯着身体面对着地图,倚靠着前辈的肩膀,我仿佛又找回了中学时深夜读书的宁静一刻。

那个晚上,纪尧姆给我上的是一堂多么奇妙的地理课啊!他并未教授我关于西班牙的知识,而是试图把西班牙变成我的一个朋友。他既不跟我讨论水文地理学,也不谈当地的人口、畜牧这些问题。他不跟我讲瓜迪克斯这个城市本身，而是向我讲述它的附近，某一片田野边的三棵橙子树："你要当心这些树，在地图上做个记号……"于是，这三棵树立即就比内达华山脉更显重要。他也对洛尔卡不感兴趣，倒是跟我讲了一大通洛尔卡附近的某一个农庄。那农场很普通，但生气蓬勃。农庄的主人，一个农夫与一个农妇，是如何经营这片被外面世界所遗忘的、一望无际的、一千五百公里之外的土地。他们栖身在山谷，如同一座灯塔的守护人。在那片星光下，这两个守护人随时做好准备，如果有什么人遇到了危险，他们就会立刻挺身救援。

我们从被淡忘的记忆和难以想象的远方中挖掘出了被地理学家忽略的细节。因为令地理学家们所感兴趣的，通常只是那条穿越各大城市的埃布罗河，他们并不关心莫特里尔西部的草地下还隐藏着另一条水流，而正是这条小溪，滋养着三十几朵野花。"你要小心这条水源，它侵蚀了用作飞机降落场地的田野……记得在地图上做一个记号。"我当然记得莫特里尔的那条小河。它看起来普通无常，在它轻微的低语中，栖息着几只青蛙。可它也并非毫无力量。那天堂般的紧急迫降场地长有青草，小溪就在这两千公里外的草丛中等待着我。只要我稍不留意，它就将把我化成一束火焰……

我还做好了与三十只绵羊斗争的准备。它们聚在山坡上,随时准备发起冲锋。"你以为这片草地空无一人,然后呼啦一声,那些绵羊就会向你冲来……"听到这个如此狡猾凶险的威胁,我报以一个惊讶的微笑。

灯光下,西班牙在我的地图上,一点一点地变成一个充满童话的国度。我在地图上做了各种十字记号,哪里充满了陷阱,哪里将会是我的避难所。农庄、三十只绵羊出没的草地、那条水流,统统被记录下来。

与纪尧姆告别后,我觉得自己有必要在这寒冷的夜色里独自行走一段。我竖起大衣的领子,带着一种莫名的热情,行走在陌生的人群中。与这些素不相识的人擦肩而过,我装满了秘密的内心无比自豪。这些"野蛮人"不认识我,而他们的烦恼、冲动,将在太阳升起的那一刻,一齐被装进邮包,由我来为他们传递。他们的希望与梦想,将会通过我的双手抵达目的地。我被厚重的大衣包裹着,在人群中迈着好似守护者一般的脚步。可是,人群是无法了解我的这份关怀的。

人群也不会收到那些我从黑夜中得到的信息。天空中某处也许会有一场风暴,它将令我的首次飞行变得有点复杂。天上的星星一一暗去,可是人群怎么会知道这所有的一切呢?我是这个秘密中的独行者。在战斗开始以前,我已经知道了敌人的位置……

但是,当我收到那事关生死的重要命令的时候,我正站在摆放着圣诞礼物的明亮橱窗前。黑夜之中,好像世上一切财宝都陈设在那里。我面对着这一切,骄傲地品尝着置身事外的那种陶醉感。我是一个面临威胁的战士,这些在我面前闪烁着的、用来装点节日的水晶、灯罩、书本,与我又有什么关系呢?我好像已经置身于云层中,作为飞行员,品尝着属于夜间航班的独特的苦涩滋味。

我被叫醒时是凌晨三点。我推开百叶窗,窗外下着雨,我心情沉重地穿上衣服。

半个钟头后,我坐在自己的小行李箱上。潮湿发亮的人行道上,我等待着公共汽车的出现。所有的同伴,在他们的第一次飞行前,都带着焦虑的心情经历过这样的等待。汽车终于出现在了街道的拐角处。那是一种响彻着铁轨般叮叮当当杂音的老式公车。我和还没睡醒的海关工作人员以及几个普通办事员一起,挤在汽车狭窄的座位上。

车厢里充满沉闷腐朽的气味，好像布满了灰尘的行政机关里，一个暗淡的办公室，将一个男人的生活一点一点地吞蚀掉。汽车每隔五百米停一次，于是车上就又多了一个秘书，一个海关办事员，或者一个检查员。那些已经蒙蒙眬眬睡着的乘客，当新的乘客上车的时候，他们会努力打起精神，与对方打个招呼。然后，又立即被浓浓的睡意侵占了。这阴郁的老公车，就如此缓慢地行驶在图卢兹凹凸不平的石板路上。飞行员与所有的人混坐在一起，没有人知道他是做什么的……一路上路灯林列，离机场越来越近。这辆颠簸的老公车，它不过是你和我，是所有的人在变成蝴蝶飞翔在天空中以前，不得不栖息在里面的灰色虫茧。

所有的同伴，都已经经历过这样一个早晨。在谦卑地服从那令人有点恼火的检查员的同时，内心由衷地升起对西班牙和非洲邮航的责任感。也正是在这么一个早晨，三个小时后，一个敢于穿越奥斯皮塔莱特区域的闪电的飞行员诞生了。四个小时后，他会义无反顾地决定绕海飞行，或者在暴风雨、山川与大海的夹攻中，直接向阿尔科伊山脉进攻。

所有的同伴，都曾经在图卢兹冬天灰色的天空下，挤在公车上的人群中。但也正是在这么一个早晨，一种帝王般的力量与勇气在他们身上诞生了。五个小时后，他将把属于北国冬天的雨点和雪花抛在身后，减缓引擎动力，在阿利坎特耀眼的阳光包围下，一路向着夏天降落。

老公车早已消失不见了，然而它的严厉和不舒适感一直生动地留在我的记忆中。它多少象征着在飞行员的职业中，艰难却又不可或缺的铺垫。一切都以一种令人惊讶的朴素和认真的方式进行着。我还记得在我正式成为飞行员的三年后，在这辆公车上，如何通过一场不超过十个句子的对话，获知同事莱克里万在飞行中丧生的消息。莱克里万是这条航线的一百个同事中的一员。就像其他人一样，在某一个白天或者是夜晚的浓雾中，他永远地退出了这个职业。

那天一样是凌晨三点。一片寂静中，坐在阴影里的主任对检查员说：

"莱克里万今天晚上没有在卡萨布兰卡降落。"

"啊！"检查员回答道。

刚刚从睡梦中醒来的检查员，努力着让自己的思绪变得清晰。为了表示关切，他继续问道：

"啊，是吗？他没能成功降落？又掉头飞回去了？"

坐在公车最后面的主任,只是简单地回答了一句:"没有。"我们等待着下文,主任却没有再说过一个字。时间一秒一秒地过去,所有的人都明白了,这句"没有"后面,是没有下文的,这句"没有"就是最终的判决。莱克里万没有在卡萨布兰卡降落,他也不可能再在这个世界的任何一个角落降落。

在我第一次起飞前的那个黎明,我与所有的人一样,经历着踏入这个职业前所必须经受的神圣洗礼。透过玻璃窗,我看着碎石子路上倒映出的路灯,感觉不踏实。路面上的水洼里,风不时地将水面吹动得涟漪起伏。我心想:"说真的,这将是我的第一次邮航飞行,我的运气真不太好……"我看着检查员:"这是不是说,天气非常糟糕?"检查员疲惫不堪地看了一眼窗外:"这个证明不了什么。"我于是问自己,判断好天气还是坏天气的标准究竟是什么。昨天晚上,在谈到那些老飞行员不断灌输给我们的关于所有不好的预兆的迷信说法时,纪尧姆用他轻描淡写的微笑将它们统统否定了。可是它们还是无法阻挡地占据了我的思绪:"对那些没有掌握所有飞行线路中一山一石的人,要是碰上风暴,我真同情他……真的!我同情这些人!……"通常他们在说完这句话以后,为了显示他们的资历与优越，会习惯性地摇摇头，然后用充满可怜的眼神盯着我们看，好像是在对我们天真的热情表示无限的怜悯。

是啊，我们中间有多少人，曾经把这辆阴冷晦涩的老公车当作自己最后的栖身地？六十个？八十个？同样是被那沉默寡言的司机引领着，行驶在下着雨的黎明中。我看着自己的周围，阴影中闪动着几点光亮，香烟的火光让人的思绪停顿破碎。抽烟的是些上了年纪的公务员。他们又曾经陪伴过多少飞行员，作为他们最后的守卫者？

我不时捕捉到这些人低沉的交谈声。他们谈论着疾病、金钱，还有令人伤心的家务事。这些谈话勾勒出那堵暗淡的监狱的墙，无情地将人们关闭在里面。忽然之间，我的眼前出现了命运的脸孔。

坐在我身边的公务员，你从来都没有从这堵墙翻越出去的机会。这不是你的错。你只是用尽全力，像白蚁一样，用水泥封死了所有的光线来源，好营造内心的平静。你在那布尔乔亚的、一成不变又令人窒息的外省生活方式中，舒适地将自己就这么安顿下来。你筑起这道谦卑的墙壁，用它来抵挡狂风、海浪与星星。你不再想为那些严峻的问题而操心担忧了，因为你好不容易才摆脱了昔日沉重的生活负担。你不是生活在某一个游荡的星球上的公民，你也不会去提出没有答案的问题：你只是一个生活在图卢兹的小布尔乔维亚。在曾经还来得及做些什么的过去，从来没有人抓住过你的肩膀，对你说些什么。如今，你自己堆砌成的黏土早已经风干变硬。你身体里曾经沉睡着的那音乐家、诗人或者天文学家的心灵，再也没有人能将它唤醒了。

我不再抱怨天空中飘洒的雨点。这神奇的职业即将向我打开一扇门。两个小时以后，我眼前舞动着的，将是黑色的长龙与笼罩着山顶的蓝色闪电。我一路要阅读的，则是闪烁在天上的星星。

这就是我们在正式地成为飞行员以前，所经受的洗礼。从此以后，我们便踏上了征途。大部分的时候，旅行都平安顺遂，没有什么特别的故事。我们像职业的潜水员一样，平静地潜入深不见底的大海。今天，这个海洋已经被人们掌握研究得很透彻了。飞行员、机械师、通信员不再将每一次出发当作一次探险，而是走进了一个实验室。他们遵守的，是指针上显示的各种数据，而不是窗外一片接一片的风景。机舱外的山川被黑暗笼罩着，可它们已经不再是简单的山川，而是某种需要精确计算的看不见的力量。通信员在灯光下记录着所有的数据，机械师在地图上画着标记，而飞行员如果看到山脉位置发生改变，他本想从左边绕过去的山峰突然悄无声息地、秘密地出现在他面前，他就得纠正飞机路线。

至于地面的通信员，他们则每时每刻、一丝不苟地记录着来自同事们的消息："零点四十分，230航道，机上一切正常。"

这就是今天全机组人员在旅途中的状态。他们或许都不觉得他们正处在某种行动中。他们离所有的坐标点都无比遥远。然而引擎的呻吟声响彻明亮的机舱，赋予这看似平凡的一切特殊的质地与意义。时间一分一秒地过去。在那些数据表里、无线电中、指针间，却正进行着人眼看不见的炼金术。那些神秘的手势，欲言又止的话语，所有的注意力都在为奇迹的发生做准备。当那一刻终于来到时，飞行员也终于可以舒口气，将额头贴在窗玻璃上。黄金长于虚无中，它在中途停靠点的红绿灯下闪烁着。

我们也都经历过，离下一个停靠站只剩下两小时的时候，因为窗外某些特殊的风景，叫人突然感觉置身于一个全然陌生世界的体验。这种陌生感哪怕是在去印度的途中，我们也并没有感觉到。而在那场旅途中，当时大家连能顺利返回的期望都不抱有。

当梅尔莫兹驾驶水上飞机，第一次穿越南大西洋，在太阳即将落下之际抵达热带辐合带时，情况就是如此。他眼看着龙卷风的尾巴在自己的面前收得越来越紧，好像砌起了一堵墙一般。然后夜色慢慢地降临，将这片场景遮掩起来。一个小时以后，当梅尔莫兹钻进这片云层时，他走进了一个现实中不存在的幻想世界。

海面上，龙卷风卷起的水柱层层叠叠地堆积在一起，好像庙宇里黑色的柱子。它们支撑着阴暗风暴的拱顶，让它看上去更加壮大。透过被撕裂的顶端，某种光线洒落下来，那是柱子间闪耀着的满月。梅尔莫兹在这片荒无人烟的废墟中穿行着。从一道光束倾斜到另一道，绕过那些巨大的、怒吼着叫大海向天空翻滚过来的黑色柱子，沿着月色倾斜流淌下来的银光，继续飞行了四个小时，直到走出那座海上庙宇。眼前的场景用一种难以形容的力量震撼着他，以至于从这片热带辐合带走出来以后，他才意识到，自己当时连害怕的念头都还来不及有。

我还记得那些行走在真实与幻觉边缘的时刻。来自撒哈拉的各停靠站的信息，一个晚上都是错误的。我和通信员内里犯下了严重的判断错误。当我透过浓雾的裂缝看见隐约闪烁的水面，我立即将飞行的方向往海岸边调整。因为错误的信息，我们不知道已经在公海上飞行了多久。

我们并不确定飞机还剩下足够的汽油将我们带回海岸。即使能抵达海岸，还必须找到可以着落的停靠站。然而当时，月亮正在慢慢地落下。在没有任何飞行角度信息的条件下，加上一片漆黑的天空，飞机几乎是盲目地在空中飞行着。月亮在一层苍白如雪的雾气中，像一堆木炭似的逐渐熄灭了。头顶上的天空，立即被云层遮盖了起来。我们行走在云层与雾气中，一个全无光影的空洞世界。

停靠站无法给予我们关于飞机当前所处位置的任何信息："没有数据显示，没有数据显示。"我们的声音对他们来说好像来自四面八方，又好像无迹可寻。

就在我们已经绝望时，左前方一个闪烁的亮点，撕下了隐藏在雾气中的地平线的面具。我感觉到一种近乎狂乱的喜悦。坐在边上的内里，则唱着歌，身体朝着我倾斜过来。这点光亮并不来自某个停靠站，它应该属于某个灯塔。因为夜晚的撒哈拉，一切停靠站的灯光都是被熄灭的，像是一片死亡的土地。那光线继续闪烁着，片刻后熄灭了。我们于是朝着另一处闪着光亮的地方继续飞行。那光线仅仅在地平线上出现了几分钟的时间，就在雾气与云层之间。

只要某处有光亮，我们就抱着某种盲目的希望，一次一次地向着灯光的方向飞过去。假如那亮光持续着不熄灭，我们立即企图证明它来自某个灯塔。"前方有灯光，"内里同锡兹内罗斯站联络着，"请关闭灯塔灯光，连续三次亮灯。"锡兹内罗斯站按照内里的要求操作。可是我们面前的灯光极为耀眼，没有熄灭，闪亮得如同一颗星星。

尽管燃油正在一点一点地耗尽，我们却一次次地朝着金色的诱饵咬去，每次都以为它真的是导航灯的亮光。因为灯塔于我们来说，是停靠与生还的机会。但是很快，就又要向着下一处光亮飞行而去。

我们似乎是在这星际旅途一般的航行中迷路了。这一片难以走入的星际中，我们寻找着属于我们的那颗星球。只有它，藏着我们所熟悉的风景、朋友们的房子，以及各种温柔。

只有它，拥有我们所寻找的……我会向你们讲述，当时出现在我眼前的一幅幅画面，也许有人会觉得那很幼稚。即使是在这种极端的危险中，我们仍然有着和普通人一样的烦恼与牵挂。我当时又饿又渴。我想，如果我们能找到锡兹内罗斯停靠站，就能把飞机加满油，然后在卡萨布兰卡降落。凉爽的早晨，工作结束了！内里和我一起来到市中心，小酒馆已经开门营业了……我们两个找了一张桌子坐下来，面前摆着牛奶、咖啡和热可颂面包，嬉笑地谈论着昨天晚上的危险情景。那将是属于我和内里的来自生命的礼物。对一位年老的农妇来说，一幅简单的神的画像、一个奖章或者一串念珠，就能让她与神相会：必须用一种简单的语言向我们诉说，我们才能感受到。而我，那第一口炽热的、混合着牛奶与咖啡滋味的芬芳，就足以让我沉浸在活着的喜悦中。也正是当牛奶、咖啡与小麦在口中融合的那一刻，我能感觉到同静谧的田野、同异国的植被之间的交流，同脚下的大地神奇的相知相通。在所有的星光中，只有那么一颗，能给予我们黎明时分那顿早餐独特的温柔。

然而阻拦在我们与那陆地间的距离，却是如此难以逾越。似乎这个世界上所有的财富，都聚集在一粒迷失了方向的尘埃上。内里这个天文学家，只能祈求着众多的星星，帮助他找到这粒迷路的尘埃。

他突然在纸上写下了些什么，递给我。"一切情况正常，我刚刚收到一条你难以置信的消息……"我的心狂跳着，等待他告诉我，究竟是什么消息救了我们的命。终于，我等到了来自上天的"恩赐"。

这是一条来自昨天晚上我们的出发地卡萨布兰卡的信息。飞机当时因为交接而延迟了起飞的时间，随后我们就在空中偏离了航线两千公里，迷失在云层与雾海中。这条消息代表官方，从卡萨布兰卡机场发来。"圣埃克苏佩里先生，由于您在卡萨布兰卡起飞时，旋转地靠停机库太近，我不得不向巴黎要求对您处罚。"我当时的确是将飞机靠得离停机库太近了，这位恪尽职守的先生因此而生气也是完全正常的事情。我已经在机场的办公室里，非常谦卑地听从了他一大堆的责难。而他此时的这条消息，在这片浓厚的雾气与充满威胁气息的大海中，显得如此不协调。我们手中驾驭的，是这架邮航与我们自己的命运。我们正困难无比地为此搏斗着，这个男人却在这个时候，清算他对我的怨恨。我和内里完全没有因为他的消息而觉得生气或者懊恼，反而感到一阵巨大的喜悦。在这架飞机里，我们两个才是唯一的指挥者，这位先生让我意识到了这一点。他难道没发现，从坐上飞机那一刻开始，我们袖子上印着的"下士"级别，已经变成了"上尉"的头衔？他正在打扰着属于我们的梦境。当我们从大熊星飞到射手星时，当我们此时唯一关心的是背叛了我们的月亮时，他不合时宜地打扰着我们……

这个男人应该立即执行的义务，也是此刻他唯一的义务，是提供给我们正确的数据，好让我们计算不同行星之间的距离。而他提供的所有数据都是错误的。所以暂时，这颗"星球"最好还是闭嘴。内里在纸上写道："他们有时间折腾这些蠢事情，不如动动脑子，想想怎么让我们从这片虚幻的世界走出去……"这个"他们"概括了这个地球上存在的所有的人，他们的议会、参议院、军队和皇帝们。读着这条来自某个荒唐的、自以为和我们有什么关联的人的消息，我们转向了水星的边缘。

我们被某种最奇怪的偶然拯救了：当我们不再抱有找到锡兹内罗斯停靠站的希望时，我决定垂直地向海岸线方向转，一直到燃油耗尽为止。我做好各种准备，让飞机不在海面上坠落。不幸的是，不停地在欺骗着我的灯塔，把我引到了不知道什么地方。更不幸的是，四面阻碍我们的浓雾，让我们很难平安地到达陆地。可是，我已经没有选择了。

眼前的局势已经再清晰不过了。我忧郁地耸了耸肩膀。内里这个时候又递给我一张字条，上面的信息如果在一个小时以前传达到，也许还能救我们的命，眼下我只能无奈地耸耸肩。字条上写着："锡兹内罗斯站找到我们目前的位置了，两百一十六，但是不能确定……"锡兹内罗斯不再是隐藏在黑暗中而无法触及的，它在我们的左边。但是，它离我们究竟有多少距离？内里和我在短暂地讨论以后，一致认为，已经来不及了。现在往锡兹内罗斯站方向飞行，我们将冒着错过陆地的可能性。内里回复着："还剩一个小时的燃料，维持九十三方向。"

此时航线的停靠站，却一个接着一个地醒来。阿加迪尔、卡萨布兰卡、达喀尔站，都纷纷加入与我们的对话中。所有的无线电通信站都向当地的机场做了报告，所有机场的负责人都通知了相关的工作人员。他们慢慢地走到我们身边，好像是围绕着一个重病的病人一样。那是一种无用的温情，但它至少是温暖的；那是一种枯萎的建议，但它至少是柔和的。

忽然之间,传来了图卢兹站的声音,那远在四千公里以外的航线总部。图卢兹站问道:"飞机的型号是不是F……"(具体型号数据我已经不记得了。)

"是的。"

"这样的话你们还有两小时的燃料,该型号的蓄油装置与标准型号不同。请调整方向飞往锡兹内罗斯。"

就这样,航空飞行这个特殊行业,它所苛求的一切,正在改变、丰富着这个世界。它让你领会到这一出出重复的剧目中,每一次蕴含着的不同的意义。对于乘客来说单调重复的风景,却对机组人员有着完全不同的意义。地平线上堆积的云层,对掌控飞机的人来说,早已不是一幅单调的装饰画。它刺激着他们的肌肉,时时地向他们提出挑战。他们意识到这一点,观察研究着它,用一种真正的语言维系着他们之间的关系。一个又一个的山顶,离得还很远,它们的脸庞在显示着些什么?在满月的照耀下,它们是最适宜的方位坐标。但是如果飞行员盲目地在空中翱翔着,无比困难地纠正着自己的偏航,对自己所处的位置并不确定,那这些山顶就变成了危险的水雷。它将夜晚变成海洋,只要有一个尖顶露出水面,海水立即变得危机四伏。

大海亦是如此。对普通的乘客来说，从高空中望下去，波流并没有显现出多大的起伏，一簇簇的浪花也仿佛静止不动。一大片白色的浪花泡沫铺展着，展露着断裂的痕迹与纹路，如同被封在冰层中。只有机组人员才了解，这片白色浪花意味着水上迫降是不可能的。它们对飞行员来说，如同有毒的巨型花朵。

即使是一场令人愉快的旅途，飞行员也无法以一个观众的身份欣赏一路的风景。天空与大地的颜色、海面上风吹过留下的痕迹、黄昏时金色的云彩，他都不能好好观赏，这些只会引起他的沉思。他好像一个开垦土地的农民，时时要分析掌握着春天的来临，霜降的危险，下雨又会给他带来些什么。飞行员要破解那云、雾与欢乐的夜中，隐藏着的种种信息。飞机看上去是让飞行员有了安全的栖身之处，实际上身处其中，只令人面对着更严酷的来自大自然的种种问题。当飞机行走在暴风雨组成的法庭中，他所要面对的是山川、大海与风暴，这三个神灵将与他争夺手中掌控的那架飞机。

第二章

同　伴

Les camarades

他明白，人一旦真正地面对挑战，恐惧也就消失了。令人恐惧的，恰恰是对一切的未知。

一

包括梅尔莫兹在内的几个同事，一起开创了从卡萨布兰卡到达喀尔的法国航线，途经当时还没有被驯服的地区——撒哈拉。有一次，引擎在发生故障以后，梅尔莫兹落入了当地原住民摩尔人手中。摩尔人在犹豫了十五天以后，最终没有杀死梅尔莫兹，而是把他卖了。于是他又重新驾驶着装满了邮件的飞机，在这片土地上空起航。

美洲航线开通以后，依然是大胆的梅尔莫兹在详细研究了从布宜诺斯艾利斯到圣地亚哥的公路段以后，决定在安第斯山脉上建一座桥。要知道，他已经在撒哈拉上建过桥了。航空公司给了他一架最高能飞到五千两百米的飞机，而安第斯山脉的最高点则达到了七千米。梅尔莫兹得在安第斯山脉中通过飞行，找到适合搭建桥梁的隐藏在高山间的隘口。在经历了沙漠的考验以后，他这次面对的是严峻的山川。层层叠叠的山尖在风中撒落下它们雪花的披肩。那风暴来临前的一片雪白，那位于两堵岩石组成的墙壁之间剧烈的颠簸，要求飞行员的，是冒着生命危险的拼死的斗争。梅尔莫兹在对对手一无所知的情况下，就加入了这场战斗。他连自己能不能从这场搏斗里活着走出来都不知道。他只是不断地尝试着，为了这个世界上其他的人探索着。

终于有一天，因为他的锲而不舍，他成了安第斯山脉的囚犯。

飞机被困于海拔四千米的高原某处，四周尽是陡直的岩壁。整整两天，梅尔莫兹与他的机械师试图找到重新让飞机起飞的方法。在尝试了所有的可能性以后，他们不得不冒险走这一步：让飞机朝着下方的悬崖腾空下降，寄希望于在下落过程中赢得足够发动引擎的速度。从高低不平的地面弹起，然后平移到悬崖处，最后猛地坠入一片深渊中，梅尔莫兹近乎疯狂的赌博，终于让飞机重新飞翔了起来。接着他将机头调整到面对着悬崖的尖顶，然而在不小心触到了尖顶上半融化的冰雪后，飞机才仅仅翱翔了七分钟，就因为雪水的侵袭而再次遇到了故障。所幸的是，这次在他们脚下的，是宽广的智利平原。

第二天，梅尔莫兹继续他的实验。

当他充分掌握了穿越安第斯山脉的飞行技巧以后，他将这项勘探任务交给了纪尧姆。梅尔莫兹继而开始了对夜间飞行的探索。

当时的停靠站还没有任何的夜间照明设施。梅尔莫兹在伸手不见五指的黑夜即将抵达时，工作人员在地面用汽油燃起三堆明火，给即将降落的飞机当照明灯。

他就这样为民航的夜间飞行开启了第一条路。

当黑夜被他降伏后，他决定向海洋发出挑战。1931年，用于运输的邮航飞机第一次穿越了从图卢兹到布宜诺斯艾利斯的航线，历时四天。在返回的途中，梅尔莫兹的飞机在汹涌澎湃的南太平洋海域上，遇到了汽油故障。他与机组人员以及出了故障的飞机，最终被一艘过路的轮船搭救。

梅尔莫兹不断地探索着沙漠、山川、黑夜与海洋。他不止一次地险些在任务中丧命。而当他每一次从危险中回到我们身边，你可以肯定的是，用不了多久，他将再次出发。

终于有一天，在他作为职业飞行员工作了十二年以后，当他再一次飞翔在南大西洋上空时，他向地面传来了一条简短的消息。消息里说，他切断了右后方的引擎。接下来的，是一片寂静。

消息的本身看起来并不令人特别的担忧，然而在十分钟的寂静后，从巴黎到布宜诺斯艾利斯所有的无线电通信站，都不由自主地焦虑起来。十分钟的延误在日常生活中也许没有任何的意义，但是在用于邮航中，却蕴含着沉重的信息。这十分钟的沉寂里，发生了某些也许人们永远无法窥探到真相的事件。不幸也好，没有意义也好，它终归是发生了。命运给出了它的裁定，而面对这一裁决，我们却听不到任何的回音。一只无形却有力的手，掌控着那架飞机，或者奔向没有重心的水上迫降，或者投入坠机的深渊。

我们中间有哪一个人，没有经历过这分分秒秒中希望变得越来越脆弱的等待？那种寂静在每一秒的流逝中显得越发骇人，好像某种致命的绝症。我们不是没有过希望。只是时间一点一点地流淌着，天已经很晚了。于是，我们不得不接受这个事实，自己的同伴再也不会回来了。他将在自己穿越了无数次的南大西洋的天空中，悠闲地、永远地栖息着。梅尔莫兹，像一个在田野里收割完麦子的播种者，躺下来静静地睡去了。

当身边的同事如此逝去，因为他们牺牲于工作中，这种缺失似乎比日常生活中的生老病死所带来的伤痛要小一些。他在最后一次停靠在某一个站点以后，远远地离我们而去了。也许对我们来说，一开始，他的消失并不是致命的，不像人离开了面包是无法生活的。

因为我们早已经习惯，每一次与同伴们相遇前漫长的等待。从巴黎到圣地亚哥，他们散落在世界的每一个角落，好像被隔开的哨兵。只有旅行中的偶然，才能让这个大家庭中的成员聚集在一起。某一个夜晚，围坐在一张桌子边，在卡萨布兰卡、达喀尔或者是布宜诺斯艾利斯。经历了多年的寂静与无声后，重启不愿终止的对话，回顾将我们再次融合在一起的往日记忆。然后所有的人，将各自起航出发。大地是如此的荒芜，可它又同时馥郁丰饶。它小心地隐藏着自己众多的秘密花园，它们是如此难以触及。然而，终有一天，我们的职业将引领着我们踏入这花园中。生活将我们分开，让我们少有时间与机会去牵挂自己的同伴们。可是在彼此的寂静中，同伴始终在某一个角落，忠诚于最初的友谊！如果有一天，我们在路上相遇，他们会难掩火焰般的喜悦，摇动着我们的肩膀！所以，我们早已习惯了等待……

可是渐渐地，我们发现某个同伴爽朗的笑声是永远地消失了。秘密花园也再不会为我们开启。于是我们开始真正的哀悼。它并不痛彻心扉，只是饱含苦涩。

没有什么能替代离我们而去的同伴。没有什么比得上昔日共同的回忆，一起度过的艰辛岁月，曾经的争吵、和好与种种心灵的悸动。我们再也无法重建逝去的友谊。你以为自己种下了一棵橡树，用不了多久你就能栖息在它的叶子底下。其实，这一切都是徒劳的。

生活就是这样。我们一起成长、一起播种，可是那些树木接二连三消失的岁月终究还是来到了。同伴们一个一个地离我们而去。从今以后，我们的哀悼中还混合了迈向衰老的隐秘的悔恨。

这就是梅尔莫兹和其他所有同伴教会我们的。也许，一种职业之所以伟大，就在于它拥有将人凝聚起来的力量。这其中最珍贵的，是那人与人之间的情谊。

若人只为了物质而工作,那他搭建的是将他自己囚禁起来的监狱。过眼云烟的财富不会给我们任何值得为之生活的东西,只会令人孤立。

我搜寻着记忆中给我留下长久回味的时刻,让我难以忘怀的分分秒秒。它们统统不来自金钱和财富。梅尔莫兹的友谊是无价的。与同伴共同走过的艰难岁月,将我们永远地维系在一起。

夜间的飞行,天空中成千上万的星星,几个小时的平静与骄傲,是金钱买不到的。

艰苦飞行后等待着我们的新世界,那些树木、花朵、女人,那些黎明时向我们投来的清新的笑容,还有那些平凡琐事组成的合奏,是金钱买不到的。

当然,还有在叛乱地区度过的那难忘的一夜,也是金钱买不到的。

我们三架邮航的航班,在夜色即将来临时,同时被困于里奥德奥里海岸。里盖尔在传动杆遭到损坏后,第一个在此降落。布尔加在此停靠准备迎接和他一起飞行的团队,谁知道在重新起飞时遇到了重力故障,被钉在了原地。而我,则是刚刚落地,天忽然就黑了下来。我们决定抢修布里加的飞机。为了维修，大家不得不等到第二天天亮。

一年前，我们的同事古尔和埃拉布尔，也是因为故障在此停留，遭到了异教人士的杀害。我们知道，在今天的博哈多尔角，仍然驻扎着一支拥有三百支步枪的强盗帮派。我们三个人也许远远地就已经被他们发现。我们彻夜难眠，也许这将是我们的最后一夜。

于是我们做着在此地过夜的准备。清空了飞机上几个用来装运货物的箱子以后，我们把它们围成圆圈排放着。然后，就好像放哨的岗亭一样，在每个箱子后面点燃一支蜡烛，颤颤巍巍，经不起风吹。就这样，茫茫大漠中，仿佛回到了人类最初的生存状态，我们搭建起一个属于自己的村庄。

村庄的广场上，围坐在箱子里的灯光照亮的沙地上，我们等待着，等待着黎明的拯救，也或者是在等待着摩尔人的到来。我不知道，是什么给予了这个夜晚如同圣诞夜的祥和气息。我们讲述着各自的回忆，嬉笑着，歌唱着。

我们好像在欢度一个精心筹备的节日盛会，品尝着那轻快的热情与欢乐，可实际上，我们什么都没有。陪伴我们的，只有风、沙与星辰。这是如同苦修会式一般的生活。在这片灯影昏黄的沙漠中，六七个除了回忆一无所有的男人，分享着某种看不见的财富。

我们终于在这里走入了彼此的世界。在今天以前，我们肩并肩地走了很久，然而每个人都驻守在各自的沉默里，或者只是交换一些平淡琐碎的语句。然而此刻面对危险，我们互相支撑扶持着。我们发现，每个人都属于同一个世界，我们的存在因为他人的意识而变得更为丰富。我们相视着微笑着，好像被释放的囚犯，面对大海的广阔而赞叹不已。

二

纪尧姆，现在我要讲一些关于你的故事。我并不打算唠叨地叙述关于你的勇气和职业价值观。我知道这些赞美总是让你有些尴尬。在讲述你最美丽的探险奇遇的同时，我所要描绘的，是其他的内容。

有一种品德，它无法用言语来形容。或者我们可以称它为"庄严"，只是词汇在这里总归显得有点单薄。因为这种品德，也可以同时与最欢快的笑容并存。这也是木匠应有的品质。他在作坊里，平等地对待每一块木条，抚摸它、测量它。他绝不会草率随便的对待它，而是要想办法让它发挥其所有优势。

纪尧姆，我曾经读到过一篇关于如何庆祝你走出险境的文字。我一直对这幅与现实不符的画面耿耿于怀。这幅画面中，你任意地挥洒着加夫洛什[1]般的任性与洒脱，仿佛生死攸关、大难临头的时候，勇气只是一种年少轻狂的大胆和血性。写这篇文章的人，一定不了解你。你不是那种在还未面对对手前会嘲笑鄙视对方的人。面对风暴，你的反应首先是判断："这是一场危险的暴风雨。"然后你接受事实，寻求面对的方法。

我要叙述的，纪尧姆，是我记忆中关于你这次冒险的真实情况。

在一场穿越安第斯山脉的飞行中，那时候是冬天，你失踪了将近五十个小时。从巴塔哥尼亚返回以后，我在门多萨与飞行员德雷会合。整整五天，我们两个轮流

---

[1] "加夫洛什"是雨果小说《悲惨世界》里一个巴黎孩童的形象。加夫洛什因为开朗的性格、顽强的生命力而演变成法国文化中拥有此类性格的人的代名词。它象征着乐观、可爱的粗鄙以及因为年少时一无所有而对人生的种种危险甚至死亡都显得极不在意的性格特征。——译者注，下同。

穿行在一望无际的山川中,搜寻你的踪影。然而,我们却一无所获。两架飞机其实是远远不够的。我们当时觉得,即使是由一百个人组成的空军中队,从早到晚地飞行一百年,也无法将高达七千米的群山搜个遍。我们已经不抱任何的希望了。连当地的走私犯、强盗,那些为了五法郎不顾一切地匪徒,都不愿意冒险上安第斯山脉的悬壁,不肯加入搜寻的救援队。他们说:"我们不想冒生命的危险。冬天的安第斯山脉,是没有人能活着走出来的。"当我和德雷在圣地亚哥降落的时候,当地的智利警官们也建议我们停止搜救。"现在是冬天,你们的同伴,即使他能在飞机的坠毁中活下来,也无法与黑夜抗争。山里的夜晚能将人变成冰块。"当我再一次穿梭在安第斯山脉巨大的岩石与峭壁之间时,我感觉,自己似乎已经不是在搜寻着你的踪影了,我好像是在一片冰雪铸成的教堂里,守护着你的遗体。

到了第七天,两场飞行中间,我正在门多萨的餐厅吃午饭。突然一个人推门而入,对着所有人喊:"纪尧姆,他还活着!"

餐厅里所有认识的与不认识的人,全都互相拥抱着。

十分钟以后,我带着两个机械师——勒菲弗与阿布里一起起飞。四十分钟以后，我们在一条公路边降落。我不知道自己是怎么一眼认出那将你从圣·拉法瑞尔带回来的小汽车的。那是一次美丽的相遇。我们一起流着眼泪，紧紧地把你拥抱在怀中，享受着你重生的这个奇迹与它带给我们的喜悦。然后你终于讲出了第一句让人听得清楚的句子，充满令人敬佩的男人的骄傲的句子："我所经历的，我向你保证，这世界上还没哪个畜生尝试过。"

后来，你向我们讲述了关于这场事故的一切。

在智利境内的安第斯山脉，一场暴风雪在四十八小时内，留下了总共五厘米厚的积雪。积雪阻塞了所有的飞行空间，泛美航空公司的飞机因此全体掉头，放弃了原定的飞行任务。你却仍然选择了起飞，试图在空中找到某个突破点。当你飞到南面方向时，终于在六千五百米的海拔点找到了撕开暴风雪的缺口，然而那是一个陷阱。飞机下方六千米海拔处，安第斯山脉的尖顶透过云层若隐若现。你将飞机的前行方向瞄准了阿根廷。

天空中下行的气流，常常带给飞行员一种奇怪而不自在的感觉。引擎继续运转，但飞机却一头往下扎。为了维持一定的高度，你试图将飞机往上拉。然而飞机依然失去了速度，绵软无力地下沉着。这个时候我们会担心，刚才调整的方向是不是有点过头。于是你任凭飞机被气流一会儿推到左边，一会儿掀到右边，试图靠近那些如同跳板一样、能提供一些上行支撑力的山峰，可飞机依然在往下沉。你觉得自己好像是被卷进一场全宇宙的灾难，没有任何的藏身之处。这个时候企图退回到刚才气流还比较平稳的区域，已经是不可能的了。那些看似坚固如同支柱的天空，此刻已经被碾碎。你正在慢慢滑入被切割、粉碎成碎片的世界中，而云层正柔软地上升着，一点一点地把你吞噬。

"我差点就被困在云层和气流中，"你对我们说，"可是当时我觉得还是有希望的。云上方的下行气流似乎还比较稳定，因为在同样的海拔高度，它们不停地重新组合着。总之，所有的一切一旦到了高海拔的山脉，就变得那么奇怪……"

那些令人惊叹的云！

"为了不被云层中的气流震得弹出机舱，我不得不松开操纵杆，双手紧紧抓牢座椅。机身摇晃得如此剧烈，保险皮带将我的肩膀勒出了血痕，即将绷断。霜冻则令我眼前任何的仪表盘都变得模糊，难以看清。于是我被气流从六千多米的高度一下子扔到三千五百米。

"三千五百米处,我隐约看见水平方向一堆黑色的实体。我重新掌握了飞机的方向。随后,我认出了那堆黑色物体,那是阿根廷的钻石湖。我知道钻石湖卧在漏斗形的悬崖里,其中一侧是迈坡火山,海拔高达六千九百米。虽然当时我已经从云层中逃了出来,可是旋涡般的大雪依然让我什么都看不见。如果我不以钻石湖为坐标,飞机就会撞上火山的山峰。于是我决定在三十米的高度,绕着钻石湖盘旋,直到燃油用完为止。折腾了两个小时以后,我终于颠簸着着陆了。当我走出飞机的那一刻,风暴立即把我掀翻在地。我才站起来,它又将我吹倒。于是我只能爬到机身下,在雪地里挖了个洞,把自己用运输用的邮包裹起来,就这样整整四十八个小时,一直等到风暴结束。

"风暴过去以后,我开始步行,走了整整五天四夜。"

纪尧姆,你知道当我们重新再见到你的时候,你是什么样子吗?你虽然回来了,可是看起来如此干涩、瘦弱,好像一个小老太婆!那天晚上,我驾着飞机带你回门多萨的时候,你身上盖着的毛毯,像是一层包裹着你的药膏。然而,它无法令你痊愈。你浑身酸痛的身体令你筋疲力尽,你不停地翻过来转过去,始终无法入睡。

你的身体既没有忘记那些岩石，也没有抛开那些风雪。它们在继续纠缠你。我凝视着你发黑的脸孔，它肿胀着，好像一只被磕坏的、腐烂的水果。你很丑，惨不忍睹。你几乎丧失了干这一行不可缺少的美好工具：你的手看起来如此的僵硬，而当你为了能顺畅地呼吸而坐到床边上时，两条下垂的双腿好像死去了一般。这场旅途对你来说，似乎还没有结束。当你试图靠着枕头寻找丧失已久的平静时，一幅幅画面又朝着你铺天盖地地席卷而来。它们在你的脑海里列着队，你只能一次又一次地，与那些死灰复燃的敌人斗争着。

我替你倒上一杯草本茶。

"喝吧，兄弟！"

"最让我吃惊的是……你知道……"

好像一个获得胜利的拳击手，你满脸伤痕地回忆着那场奇异的旅途。你用一块一块的记忆碎片，拼凑成一幅完整的画面。在你的讲述中，我仿佛看见你在零下四十度的严寒里，如何徒手攀登在四千五百米高的山川上，行走在垂直的岩壁上，没有冰镐，没有绳索，没有食物。冰雪中你的脚、膝盖、双手，鲜血直流。一点一点地被掏空热血、力量和理智，你带着蚂蚁般的固执，继续前进着。遇到阻碍便回头绕行，摔倒了以后再爬起来，历尽千难万险爬上陡坡，却发现脚下是一片深渊。你不敢给自己任何的休息，因为怕自己再也无法从那积雪堆成的床上爬起来。

滑倒了以后，必须在第一时间站起来，因为严寒正分分秒秒地吞噬着你，让你变成一块化石。只要多停留那么一分钟，你就不得不动用正在死去的肌肉，千辛万苦地只为了站起来。

你抵御着各种可怕的诱惑。"在大雪里，"你对我说，"我们失去了自保的本能。两天、三天、四天的步行以后，所有你期盼得到的，就是睡眠。可是我自己对自己说，'如果我的妻子知道我还活着，她一定知道我还在继续行走着。同伴们也都相信我能走下去。如果我现在停下来，我就是个浑蛋。'"

为了让自己结了冰的、一天比一天肿胀的脚能继续行走，你不得不每天用小刀在鞋子上划开一个口子。

你向我倾吐着那些听起来有些异样的内心秘密：

"从第二天开始，我最大的任务，就是阻止自己思考。当时我身体上的痛苦巨大，而我所处的情形也太令人感到绝望。为了能有继续走下去的勇气，我必须停止胡思乱想。可是我根本就没有办法控制自己的脑子，它像一个涡轮机一样不停地旋转。可我仍然能为它选择一些画面。我用电影和读过的书的画面来填满自己的脑袋,可是,用不了多久,眼前出现的,又是自己身处绝望当下的这一幕。于是我就在脑海里搜索其他的回忆……"

然而终于有一次,在滑倒以后,你胸口朝着地面,拒绝再爬起来了。好像一个耗尽了所有激情的拳击手,等待着时间一秒一秒地过去,一直到裁判数到"十"。

"我已经做了所有能做的了。既然没有了希望,为什么我还继续这殉教般的折磨?"只要闭上眼睛,就能获得平静,再没有岩石,没有积雪,也没有彻骨的寒冰。当你的眼皮闭上的那一刻,疼痛与坠落、受伤的肌肉、灼人的冰冻、如同被牛拖着的战车一样沉重的生命重担,统统在转瞬间消失了。你品尝着毒药般的寒冷,它像吗啡一样,温存地让身边的一切都变得美好了起来。你的生命躲到了心脏的四周,某些柔软的、珍贵的东西蜷缩在你身旁,包裹着你。知觉正在渐渐抛弃那些远离心脏的部位,它们尝尽痛苦,正在变得麻木。

你的顾虑开始消失了。我们的呼唤,也已经无法再触及你。或者说,对你已经显得好似梦中的回响一般模糊遥远。在梦里,你幸福地答应着,你不费吹灰之力地走入了一个对你来说如此温柔美丽的世界。你无须努力，就能品尝到大地中无限的乐趣。纪尧姆，那一刻，你吝啬地拒绝了回到我们中间的请求。

睡梦中，悔恨混合着具体的细节，猛然出现在你意识的最深处。"我想到了我的妻子。我的保险能让她不至于陷入苦难，但是，那保险……"

在这种情况下，受保人必须失踪四年，才能得到法律上正式死亡的承认。这个细节犹如闪电一般穿过你的脑海，顿时抹去了其他所有的画面。然而当时你的身体正朝着地面，挂在一片积雪的斜坡上。你知道，假如你就这样躺在那里，等夏天到来时，积雪会融化成泥水，将你的尸体卷入安第斯山脉无数沟壑中的某一处，再无踪迹。这你当然知道。但是你也知道，就在你前方五十米的地方有一块凸起的岩石："我当时想，'假如我站起来，我可以走到岩石的边上。假如我把身体靠在那石头上，那夏天到来时，至少我的尸体能被人发现。'"

你这一站起来，就又继续行走了三天两夜。

当时你已经不再相信自己还能走远了：

"我猜想，生命即将走到尽头的时候，总会有这样那样的征兆。比如，我每走两个钟头，就不得不停下来，把鞋子再割开些，把脚上的雪擦掉，或者让自己的心脏休息片刻。最后那几天，我开始丧失记忆。我发现自己不停地在遗失各种物件。第一次是我的手套，我把它放在面前，结果在出发前却忘记把它带上。在这种寒冷的天气里，没有了手套是多么严重的事情！接下来是我的手表、小刀、指南针。每停下来一次，我就变得越发地潦倒……

"能拯救我的，就是继续往前走一步。继续走一步。那不断重新开始的一步。"

"我所经历的，我向你保证，这世界上还没哪个畜生尝试过。"这是我所听到过的最高贵的一句话。它定义了人的本质，给予人特殊的尊严与骄傲，重新确立了世间万物的尊卑秩序。这么多年来，它反反复复地出现在我的记忆中。你终于睡着了。在饱经抽打与折磨的身体里，你的意识安静地躺下了。然而明天，它又将在你醒来时，再次引领着你、左右着你。身体不过是一件工具、一个仆人。而属于这工具的骄傲，纪尧姆，你一样擅长描绘它：

"在没有任何食物的情况下，你可以想象得出，当我行走了三天以后……我的心脏开始变得非常微弱……我沿着近乎垂直的山坡爬行,身边就是万丈悬崖,我不得不边爬边用手挖洞,好让自己的双手有所支撑。可是这个时候,我忽然感觉到心脏失灵了。它似乎犹豫着,歪歪扭扭地敲打着。当我感觉到,它多犹豫了一秒钟的时候,我停下来。我听着自己的心跳。这是我从来没有经历过的,好像自己的心被挂在高空中悬荡着。我跟它说:'加油,再使点劲,你得继续跳下去……'要知道,它是一颗多么顽强的心!它继续犹豫着,然后又重新出发……我实在是为它感到自豪!"

在门多萨的这间卧室里,我看着熟睡中的纪尧姆。我想:"假如我们赞美他的勇气,纪尧姆一定会冲着我们耸耸肩膀。可是如果我们赞美他的谦逊,那一样是背叛了他。他所拥有的,是超乎于这些普通优点之外的更高贵的品质。他耸耸肩膀来回答我们的褒奖,那是因为他有过人的智慧。他明白,人一旦真正地面对挑战,恐惧也就消失了。令人恐惧的,恰恰是对一切的未知。当我们清晰地审视着这一切时,我们就会发现,纪尧姆的勇气首先来自他的正直与诚恳。"

他真正的伟大并不在于此,他的伟大在于他的责任感，对自己、对飞机、对他的同伴们的希冀的责任感。他知道他的手中，握着他们的痛苦与欢乐。他明了他对于那些正在创建的新事物所要付的责任，以及在他的工作中，他为人类命运所承担的责任。

他与所有这个世界上伟大的生命一样，愿意用自己的枝叶去覆盖那庞大的土地。人与其他所有生命的区别，在于他的责任感，在于他面对并非源起于他的苦难时，所表现出的羞愧；在于当同伴取得胜利时，他所体会到的骄傲。当他在脚下添上一块石头时，他感觉到自己是在为建设这个世界贡献力量。

有人将这样的人与斗牛士或者那些玩主混淆在一起。他们吹嘘着，这些人是如何鄙视死亡。然而我却嘲笑鄙视死亡的人们。假如这种轻蔑并非来自某种公认的责任感，那么或者是因为他们生命的贫瘠，或者来自年少轻狂。我曾经认识一个剥夺了自己生命的年轻人。我不记得是出于何种爱情的忧伤，让他对着自己的胸膛开了一枪。我也不知道他是受了何种文学的诱惑，戴上那白手套。我只记得，面对那张苍白的脸，我看不到任何的高贵，只有无尽的懦弱与不堪。在这张好看的面孔后，在这个男人的头脑里，一定什么都不曾拥有过。最多，有那么几张年轻愚蠢的女孩子的面容。

面对着这样轻薄的人生，让我想起了另一个人的死去。那是一个园丁。他曾经对我说："您知道吗，有的时候我铲土铲得浑身是汗。我的关节炎让我的腿疼得难以忍受，我咒骂这种奴隶一样的工作。但是我还是要铲土！铲土是多么美好的事情！当我铲土的时候，我觉得自己是自由的！如果我不干活，谁会来修剪我的树木？"他的死留下了一片荒芜的土地，一个荒芜的星球。他热爱他的树木、他的土地和他的世界。他是一个天才，一个慷慨而伟大的人！他和纪尧姆一样，是个勇敢的人，用生命的名义，与死亡进行着搏斗。

第三章

飞　机

L'avion

单纯的物质上的斗争所取得的进步，并不能解决人生存本身要面对的终极问题。机器也好，飞机也好，都只是一种工具，如同农民耕种时使用的犁。

纪尧姆，当你日夜监控着气压表，试图通过陀螺仪找寻到空中的平衡，分分秒秒倾听着引擎的呼吸，肩头被重达十五吨的金属压迫着时，你所经历的，其实是人类面对的某些终极与永恒的问题。也就是在那一刻，你拥有了与山里人一样的高贵气质。和一个诗人一样，你懂得欣赏黎明到来时的非凡魅力。在黑暗腐败的夜色中，你如此热切地渴望这束苍白的光线，能将东方暗沉的大地点亮。这奇迹般的喷泉，曾经多少次在你面前缓慢而悠闲地倾泻喷洒，拯救了你即将死去的身体与心灵。

你虽然掌握着飞机所有的技术操作，但这并没有把你变成一个单纯的技术员。我常常觉得，那些人对技术发展之所以会心存恐惧，是因为他们混淆了目的与手段的区别。单纯的物质上的斗争所取得的进步，并不能解决人生存本身面对的终极问题。机器也好，飞机也好，都只是一种工具，如同农民耕种时使用的犁。

如果人们认为机器的发展正在损坏着人本身，也许那是因为，在面对如此迅速地改变我们生活方式的技术革新面前，我们丧失了客观审视这一切所必须具备的相对性。这一百年的技术发展，与人类二十万年的漫长历史相比较，不过是沧海一粟。我们才刚刚在这片遍布矿山与发电站的风景中栖身而立，我们选择要住下来的房子，它甚至都还没有完全建造完毕。人与人之间的关系、工作的条件、生活的习惯，我们周围的一切都在迅速地改变着。即使是人内心最隐秘的那个角落，也同样在经历着猛烈的冲撞。分别、离散、距离、相聚，所有的这些词汇仍然保留着它们最初的面目，只是它们所包含的意义，却已经不同于往昔了。我们依然固执地使用昔日的词汇与语言，来解释阐述今天的世界。过去似乎总是显得更美好，因为它所讲述的、涵盖的一切，都是我们早已熟悉了的语境。

每一次技术的进步，都将我们推向自己所熟悉的环境以外。我们好像不停地在迁徙着的民族，始终都还未建立起属于自己的国家。

我们如同那些未开化的人，被崭新的玩具吸引着、痴迷着。一程又一程的空中飞行，除了追求一次比一次高、一次比一次快的纪录，再没有其他的意义。我们似乎忘记了，究竟是为了什么让飞机翱翔在天空中。飞行本身这个行动，暂时地取代了它最初的目的。如同出征打仗的将军，他们唯一的目的就是占领那片土地。士兵们鄙视这些将军，可是这场侵略的最终目的，不正是建立与统治一个新的国度？在一切的技术进步中，我们用人力搭建铁路，创造工厂，挖掘石油。我们是否有些忘记了，这所有的建设，最初都是为了服务于人？这场战斗中，我们不知不觉地采用了与士兵们同样的逻辑。现在到了建立与管理这个国度的时候了。我们要把这座暂时还没有身份的房屋变得生机勃勃。真理对于某些人来说，矗立在不断地开垦、建造和占领中。而对于另一些人来说，它隐藏在停留与栖息中。

我们的房子也许会慢慢地被建造得越来越人性化。机器的角色，则会随着它自身不断地完善，而变得越来越模糊。人类所做的所有工业化的努力，各种计算，彻夜地审视着图纸，似乎都是为了找到一种简单明了的符号。好像几代人不断地实验与寻找的,只是为了勾勒出一根圆柱、一艘船体和一架机身的曲线,将它用一种最简单纯粹的、形如胸脯或肩膀般自然的线条在图纸上呈现出来。工程师、绘图员、统计人员的工作,似乎就是为了让所有的衔接处都变得不那么突兀,让机翼不再像是与机身相连,而本来就是一体的,所有的细节好像一首诗歌一般,生动地组合在一起。当图纸上再没有任何细节可以删除时,就是抵达完美这一境界了。机器在其进化中,只会显现出越来越简单的面孔。

当科学创造其发明性、探索性不再被人们注意时,也就是它达到顶峰的那一刻。机械器材其"机械"的外表正在逐渐消失,取而代之的是好像被大海磨光一样、光滑如鹅卵石般的外貌。在使用它们的时候,你甚至都忽略了它的存在。

不久以前,人们还习惯于同构造复杂的工厂打交道。而今天,我们却几乎可以忘记一个引擎正在运转着。它终于实现了它的使命,那就是像心脏一样跳动。而你我,早已对自己的心脏习以为常,不再关注于它的搏动了。当注意力不再集中在工具本身时,我们便通过工具,同园丁、航海家和诗人所共有的某种气质相聚相汇。

飞行员将从水面跃起,进入天水相连处。当引擎转动,飞机在海面上划出一条口子,海浪击打机身的声音如同锣鼓,人就在这剧烈颠簸中继续工作着。他感觉到水上飞机一秒一秒地在积聚着速度。他感觉到十五吨重的机身正准备着,准备冲上天空。飞行员把双手压在操纵杆上,一种来自上天的力量在他手心滋长着。当这股力量成熟时,他灵巧地移动着双手,于是飞行员将飞机与水面分离,滑进了蔚蓝的天空中。

第四章

飞机与地球

L'avion et la planète

这个世界上,生命与生命的融合是如此容易,花朵即使在风中也能同其他的花朵相聚,连天鹅们都彼此相识,只有人,时时刻刻搭建着属于人类的孤独。

一

　　飞机不仅仅是一种机械设备，它还是一种分析仪器。这种仪器让我们终于能有机会去探索地球的真面目。几千年来，我们一直被道路欺骗着。我们好像一个君主，希望一路探访他的臣民们，看看他们是否真的认同他的统治。可是围绕在君主身边的奉承者们，则欺骗着君王。他们在他的旅途中摆上天下大吉的布景，请来歌功颂德的舞者。可怜的君主因此对自己的王国一无所知，他全然料不到那些在广阔的田野中挨饿的老百姓，此时正诅咒着他的命运。

　　于是，我们就如此沿着弯弯曲曲的道路行进着。它绕过贫瘠的土地、岩石、沙漠，始终契合着人的需要。一路上泉水充盈。它引领着山里人从粮仓走到麦地，在牲畜棚门口迎接熟睡的牛羊，在黎明时将它们引到苜蓿地里。它将一个又一个的村庄，用婚姻连接在一起。如果那其中有哪一条道路冒险穿越过沙漠，那它在找到绿洲前，则至少要绕二十条弯路。

如同宽容的谎言，我们脚下的道路弯曲缠绕着，蒙骗着我们。一路走来，我们以为遍地是馥郁的土地、果园、草地。长久以来，我们美化着自己的监狱，以为这个星球湿润而温存。

而这些年，我们的目光逐渐变得锐利，视野逐渐变得宽广。因为有了飞机，我们终于找到了引领我们直接抵达目的地的大路。当我们从地面起飞时，我们就已经抛开了在一个又一个村庄中蜿蜒穿行的小路。再没有一路跟随着君主的朝臣们，也无须众多的泉水，我们直接瞄准着遥远的目标。从高空中眺望下去，此时我们看见的，是岩石与沙漠。生命像是荡漾在废墟中的青苔，只在某一个角落偶然地盛开着。

我们于是变身为物理学家、生物学家，观察着这些装点山谷的文明。有的时候，在气候允许的地方，它们会奇迹般绽放成一座花园。我们终于能够透过飞机的舷窗，将人类放到宇宙的空间，去审视人类，分析人类。我们坐在飞机中，重新阅读着人类的历史。

二

　　飞往麦哲伦海峡的飞行员，通常都会经过南部里奥加耶戈斯上方一条古老的熔岩流。火山灰在地面堆积起来，足足有二十厘米厚。接着你能看见第二条、第三条熔岩流。一路上每两百米就出现一个开口在侧端的火山堆。它们远没有维苏威火山高大壮观，只是谦逊地躺在平地上，展露着榴弹炮一般的脸孔。

　　今天的这一切，看起来平静有序。但很久以前，这千万座火山曾喷吐着火舌，用它们扎根在地底的风琴互相呼应着，发出此起彼伏的轰隆声，那场面的奇异是言语难以形容的。而如今，我们只是飞翔在这片无声的、装点着黑色冰川的土地上。

　　远处更古老的火山已经被金色的草地所覆盖了。有的时候你还能看见它们身体里长出了一棵树，好像一朵花怒放在花盆里。夕阳独特的光芒下，短草丛生的平原闪耀着令人艳羡的色彩。一路都是平坦的，只在平原的脖颈处，在那些火山口附近还有一些微微的凸起。一只野兔越过，一只鸟儿飞过，生命在这片新土地上留下了它们的足迹。

在抵达蓬塔阿雷纳斯以前，最后一群火山堆露出了它们的面孔。一片栖息在绿草地上的火山，将从此沉浸在温柔与顺从中。每一条裂缝都被柔软的亚麻覆盖着，土地是平整的，山坡也没有了昔日的陡峭，它们早已遗忘了自己的过去。这片青草抹去了曾经的阴暗危险。

环绕在南极的冰川与熔岩流之间，一片偶然存在的泥土之地，成为世界上最南方的城市。当你距离黑色的熔岩流如此近的时候，你便会感叹人类在这里的存在是一个奇迹。那是一种奇妙的相遇！我们不知道如何，也不知道为什么，会有这样一群过客来到这片神秘的花园。这群过客在这个能短暂居住的花园里落脚，也许他们在这里能停留的时间很短，不过是宇宙时间中的片刻而已，然而那依然是幸运的一刻。

我在夜晚的温柔中着陆了。蓬塔阿雷纳斯！背靠着一座喷泉，我看着街上年轻的女孩们。离她们优美的身姿如此地近，我越发感觉到人类的神秘。这个世界上，生命与生命的融合是如此容易，花朵即使在风中也能同其他的花朵相聚，连天鹅们都彼此相识，只有人，时时刻刻搭建着属于人类的孤独。

心灵将人与人阻隔得多么遥远！一个被梦幻侵占的少女，我如何才能走近她？年轻的女孩低垂着双眼，对自己微笑着，缓慢地向家里走去。她是不是已经满怀着可爱的谎言？她可以用情人的声音、思想和沉默来建立一个属于她的王国，从此以后，这个国度以外的一切，对她来说就都是蛮族夷邦了。她好像是在另一个星球上，封闭在她的秘密与习惯中，把自己锁在歌唱般记忆的回声中。她诞生于昔日的火山、青草与海洋的卤水中，而今却已经如同半个女神。

蓬塔阿雷纳斯！我背靠着喷泉，一群老妇人走过来打水。我对她们一无所知，我只是看见她们辛勤地从井里打着水。一个小孩脖子靠在墙上，无声地哭泣着。在我的记忆中，他是一个美丽而忧伤的小孩。我对面前所有的这些人来说，只是一个陌生人。我对他们一无所知，我永远也无法走进属于他们的王国。

友谊、爱恨、欢愉，这一切人类的游戏都是在一片多么脆弱而单薄的布景下上演！在一片熔岩流依然温热的土地上，明天也许即将受到冰雪与风沙的侵袭，究竟是什么让人类相信长久与永恒是有可能存在的？人类的文明如同一层脆弱的镀金层，一座火山、一片大海，或者是一场风沙，都能将它从此抹去。

这座城市似乎是矗立在一片坚实富饶的土地上的，好像绿草如茵的博塞[1]。人们忘记了，在这里和在地球上其他任何角落上一样，生命的存在是一种奇迹与奢侈。人的脚下永远不存在永恒坚固的土地。在距离蓬塔阿雷纳斯十公里距离的地方，有一个池塘。它被矮小的树木包围着，谦卑得好似一个院子里的小水塘。而这个不起眼的池塘，却时时刻刻在遭受着海潮的冲击。在它日夜平静的呼吸下，芦苇在它身边荡漾，小孩们嬉戏着，它服从着一种人眼看不见的强大力量。静谧的冰川下，平和的水面下，它承受着来自月亮能量对它的影响与掌控。海水的波浪在那片黑色实体深处运动着。绿草与花朵下，海水无声地翻腾前行着，一直蔓延到麦哲伦海峡。人们来到这片人类的大地生活，将这里视作家园，但城门口这汪只有一百米宽的小池

---

[1] 巴黎盆地附近一处自然农业种植区。

塘里，跳动着的却是大海的脉搏。

三

我们居住在一个游荡的星球上。凭借着飞机，我们才终于能看清楚，它究竟来自何方。一个小小的池塘与月亮之间的关联，揭示出这个星球上某些隐秘的线索。我还知道其他神秘的迹象。

当我们远远地飞行在朱比角与锡兹内罗斯之间，你可以看见众多呈圆柱形的高原，它们的宽度从几百米到三十多公里不等，海拔高度却惊人的一致，大概在三百米。除了高度一致，它们还拥有几乎相同的色泽和质地，连悬崖的形状都大同小异，如同独自立于沙地中的神庙的柱子，见证着台基塌陷的遗迹。这些孤独的圆柱昭告着人们，这里曾经是一片连接在一起的宽广的高地。

卡萨布兰卡—达喀尔航线刚刚开通的那几年，因为当时还较为脆弱的设备以及故障和各种救援问题，令我们常常不得不临时选择一个地方降落。但当地的沙地又是充满了欺骗性的——你以为它是牢固的，实际上它却会让你深陷进去。至于那些看似表面坚硬如沥青的旧盐矿，它们通常在你的脚下梆梆作响，却常常在轮胎的重量下不堪重负。于是那层白色的盐顿时破裂，露出恶臭的黑色沼泽。所以，当条件允许时，我们会选择在高原上着陆。它们平坦的表面下是不会隐藏任何陷阱的。

这种安全的保障来自它表面那层粗大的沙粒，那是一堆由细小的贝壳堆积起来的巨大沙堆。高原完整的表面下，这些沙粒在内部粉碎成碎粒，再堆积起来。山川底部最陈旧的堆积层里，这些贝壳已经变成一层纯粹的石灰岩。

雷内与塞尔被异教徒俘虏的那段时间，有一次为了让摩尔人使者替我们传口信，我在他们出没的栖身处着落。在使者离开前，我和他一起寻找这片高地的下山路。而每一个方向的道路，都将我们带到近乎垂直的悬崖边。没有任何机会从这里走出去。

在重新起飞寻找其他的落脚点前，我停留在那里不愿离去。我体验着一种有点幼稚的喜悦，因为此时的我，正踏在一片既没有野兽也没有人类触及过的土地上。摩尔人还从来没有攻克过这座城堡，欧洲人也还未探索过这片土地。我大步行走在纯净的沙粒上，我是第一个把这些贝壳粉末像宝贵的金子一样，从一只手撒到另一只手的人。我是第一个打破属于它们寂静的人。这片如极地般静谧的沙滩，还从未有一株绿草的踪影，我就如同一颗随风飘落的种子，成了第一个生命的见证人。

天空中一颗星星闪耀着，我凝视着它。我想，这片纯净的白色沙地，几十万年来只属于那些高高在上的群星，就像一块在苍穹下铺开的洁白无瑕的台布。忽然我的心猛地抽紧了，仿佛踩在一个巨大发现的门槛上。我看见离我十五、二十米的地方，有一块黑色的石头。

在这片一百米厚的贝壳堆形成的巨大沙堆上，排除有任何石头存在的可能性。深深的地底下，也许某处正躺着些火石。然而在这片光滑崭新的沙堆表面，这颗黑色的石头是以何种奇迹般的力量跳跃上来的？我的心怦怦跳动起来，我捡起了我的发现——是一块如拳头般大小的黑色石子，重如金属，形状好像人的眼泪。

对着苹果树铺展开的台布，落入它怀中的只有树上的苹果。面对着星空的沙滩，它所能揽入怀中的，一定是来自天空中星辰的沙粒。还从来没有哪一颗陨石，用如此直白的方式向人讲述着它的来历。

我抬起头，仰望着天空中这棵神秘的苹果树。我想，从那上面一定还掉下过其他的果实。并且，我还一定能在它落下的起始点找到它。因为这千万年来，没有任何的事物打搅过它们的存在，它们也不会跟任何其他的物质相混。于是我立即开始了搜寻，以检验我的假设。

果然，大约每方圆一公顷内，我就找到了一颗类似的石头。它们都拥有相同的黑钻石般的坚硬外表。就这样，从飞机雨量计的高处，在那浓缩的刹那间，我见证着一场无与伦比的流星雨。

四

最让人着迷的，是站在这行星浑圆的背脊上，在星空与沙堆间，此刻一个男人的意识正存在着、闪烁着。在一堆矿物质堆起的高原上，一个梦的存在本身就是一个奇迹。而我，恰恰记得那样一个梦……

同样是一次被困沙海的经历，我当时正等待着黎明的到来。月光下，金色的丘陵闪动着它们明亮的身形，而山谷巨大的阴影，又与光亮仅一线之隔。在黑影与月亮共存的沙漠上，笼罩着一种陷阱般的寂静。而我，就在其中沉沉睡去。

当我醒来时，只看见头顶上黑漆漆的天空。我当时躺在山顶，交叉着双臂，面对着群星。我不明白自己面对的这片黑暗究竟是什么，顿时觉得天旋地转。没有屋顶的笼罩，没有树枝能让我抓牢，我像个绳索松脱的潜水员，觉得自己被连根拔起，即将坠入茫茫黑暗中。

然而令我恐惧的坠落却没有发生。从脖子到脚跟，我发现自己原来紧紧贴着大地。将自己的体重交付于土地，令我顿时如释重负。拥有重心的感觉就好像爱情，让人充满了归属感。

大地贴着我的腰，支撑着我，将我轻轻地托起，牵引着我走入那片黑暗。我发现自己正被一种力量挤压着，贴在地上，如同旧时马车高速转弯时，人的身体被紧紧地按在马车车壁上。我品尝着这种支撑的力量，安全有力。在我的身体下弓起的土地如同轮船的甲板。

被某种力量运载着的感觉是这样清晰，所以如果此时地下发出什么声音，像老帆船倾斜时发出的响声，长远而苦涩；或是像小船逆风航行时的尖利长啸，我都不会感到吃惊。然而脚下厚重的土地依然是一片寂静。压在我肩膀上的重力，以一种和谐而永恒不变的方式持续出现着。我好像住在那个国度里，如同身上绑了铅的、死去的船工，被沉入海底。

我冥想着此时自己的生存状态。迷失在沙漠中，面对着沙漠与星辰，离我所习惯的一切无比遥远。如果明天摩尔人不杀了我，如果没有那么一架飞机寻找到我的踪影，那么重回那个属于我的世界，将需要不知道多少天、多少个星期、多少个月的时间。此时的我，一无所有。我只是一个迷失在风沙与星辰中的凡人，呼吸着天地间的温柔……

突然，各种梦境占据了我的心神。

它们悄无声息，好像地下的泉水，温存地侵占着我。既没有声音，也没有画面，只有一种充满友谊的存在，悄悄地在靠近我。于是我闭上了眼睛，任凭自己的意志涣散地跟随着记忆奔跑。

那是一个种满黑色冷杉与椴树的公园，公园里有一幢我喜欢的房子。它离我有多远并不重要，因为此时它终归无法温暖我的身体。不如就让它留在梦幻里，陪伴我度过这个孤单的夜晚。此时的我，已不再是那具躺在沙滩上的身体。我朝着房子走去。我是房子的孩子，清楚记得关于它的记忆与气味。我闻到前厅新鲜的空气，听见房子里生机勃勃的声音。连池塘里青蛙的歌声，都飞越了千万里，来到此地与我相会。我需要千百种的坐标来辨识自己，让我看清楚这沙漠的气味究竟是长于怎样的缺憾中，在这片青蛙都不再聒噪的地方，这由万千种沉寂组成的寂寞又到底有什么意义。

我不再躺在星辰与沙子之间，我从那片景象中只收到某种冰冷的信息。我曾经以为那种永恒的滋味来自它，现在才发现它真正的根源。我看见了房子里庄严的大橱柜，它们虚掩着，露出摆放在里面的如同雪片般的床单。年老的女管家，好像一只老鼠般地在房间里来回跑着。她似乎永远都在围绕着那些床单转，把它们打开，再叠好，计算着数量，然后不时地喊着"啊！我的上帝，这实在是太不幸了"。当她发现任何有可能威胁这幢房子永恒存在的缺失时，她立即飞奔着赶来修补。无论是祭台上用的纬纱，还是三桅帆船上的船帆，任何的瑕疵她都绝不放过。她在祭奉一个我不知道的比它更伟大的东西，一个神灵或者一艘帆船。

对了，我是应该专门写这么一页，关于您，我的老管家。在我刚刚开始飞行生涯的时候，每次回到家里，总是看见你手拿着针线，穿着盖过膝盖的长袍。每过一年你都比前一年多了些皱纹，皮肤也更苍白了一些。你的双手总是在准备着平整而没有褶皱的、给我们睡觉用的床单，准备着用来铺在餐桌上没有针脚的白桌布，准备着灯火闪烁的节日宴会。我来到你整理衣服和床单的房间看你，坐在你的对面。我向你讲述自己的生死经历，企图感动你，让你睁开眼睛看看这世界。你说，你没有变。孩童时的我就常常弄破自己的衬衫。"哦，这实在是太不幸了！"有的时候，我的膝盖擦破了皮，于是我回到家，让你给我上药，好像今天晚上一样。只是，我的老管家，如今的我，不再是从公园深处跑回家了，我是从世界的另一端，带着辛辣的孤独的滋味、沙漠中旋转的狂风和热带耀眼的月光，回到了你的身边。你对我说，当然，男孩子喜欢四处乱跑，摔断了骨头还以为自己厉害无比。不是的，不是的，老管家，我早就已经走出家门口的小公园了！如果你能明白，那些树荫是多么的渺小！和花岗岩、原始森林、沼泽地比起来，它们是多么的不起眼。你可知道在这个世界上的某些地方，如果有人看见你，他们会立即举起自己的卡宾枪向你射击？你可知道，有那么一片沙漠，即使没有床和床单，夜里寒冷如冰，人们也就在那里就地睡下……

"啊，野蛮人！"你说。

老管家对于她的世界的信仰，如同一个修女对教廷的信仰一样坚定而难以动摇。我感叹着她卑微的命运，将她引领着走上这条又盲又聋的路……

然而这个撒哈拉之夜，躺在风沙与星辰间，却让我明白，我对老管家有失公正。

我不知道到底是什么发生在自己身上。当我被那奇怪的力量与大地连接在一起的时候，另一种力量把我带回最真实的自我。我感觉到自己的重量，将我拉向曾经影响着我的人生的种种。我的梦比沙丘和月亮还要清晰。是的，一幢房子的美妙不在于它能给予你温暖、给予你一个可躲避的屋檐，也不在于它拥有的保护你的墙壁，而在于它在不知不觉中，在点滴岁月中，慢慢地累积、存储在你心中的温柔。因为它的存在，令你心底深处那片黑暗的大山，有一天会一点一点地流淌出如同泉水般的梦……

撒哈拉，撒哈拉，此时此刻，你在银河的星空下如梦如幻！

第五章

绿　洲

Oasis

奉承对她们来说是无用的,因为她们不懂得什么是虚荣。她们天生有一种骄傲,丝毫不需要什么奉承。

讲了那么多关于沙漠的事,在继续谈论它之前,我想向你们描绘一下绿洲的面貌。我脑海中出现的那个绿洲并非散落在撒哈拉深处。飞机所带来的另一个奇迹就是,它将带你走入神秘的最中心。你就如同一个学习生物学的大学生,坐在舷窗后,用显微镜观察着蚂蚁一般的人群,无动于衷地望着矗立在平原上的城市。它们坐落在呈散射状分布的道路中心,这些路像是动脉一样,用产自田野间的精华养育着城市。可此时此刻气压表上的指针颤动了一下,刚才仍然看似遥远的一抹绿色,突然就变得巨大了。你成了沉睡公园中的这片草地的俘虏。

有的时候,距离并不能确切地衡量出事物的远近。花园里的一堵墙锁住的秘密,往往比遥远中国威严耸立的城墙还要多。一个小女孩藏在寂静与沉默中的灵魂,也许比撒哈拉厚厚沙漠对绿洲的保护还要严密。

我将向你们讲述，我在这个世界的某一个角落的某一次短暂停留。那是在离阿根廷康科迪亚不远的地方。这样的故事，其实是可能发生在任何一个地方的。因为神秘无处不在。

我在一片田野上着陆。我并不知道，自己即将经历一场如同童话故事般的奇遇。我乘坐的是一辆陈旧的福特车，接待我的是一个普通、平凡的家庭。

"您可以在这里过夜……"

开到路口转弯处的时候，明亮的月光下，显出几棵大树的身形。而树的后面，隐藏着一幢奇异的房子。它矮小而壮实，几乎如同一座城堡。当你一旦跨过它的门廊，这传奇般的城堡立即给你一种安全感，好像走入了一座深深的修道院。

接着从房子里走出两个年轻的女孩。她们神色凝重地注视着我，好像两个士兵，守卫着她们的王国，禁止陌生人踏入。其中那个年纪较小的女孩子噘了噘嘴，用绿色的长棍敲打了一下地面。在用这种奇怪的方式介绍完自己后，她们一声不响地向我伸出手，脸上带着一种令人好奇的充满挑战的意味，然后在我面前消失了。

这一幕让我觉得有趣又充满魅力。它简单、静谧而欲言又止,好像一个秘密的序幕。

"哦!她们有点未开化,是不是?"女孩们的父亲对我说。

我跟着他走进了这幢房子。

我一直喜欢巴拉圭的城市里的石子路上那些带着嘲笑意味的、在石板间冒出脑袋的青草。它们来自人们看不见却又真实存在的原始森林。它们时刻观察着,人群是否依然占领着城市,推搡挤压石板路的时机是否已经来临。我喜欢这种形式的破坏与损害,它们表达的其实是一种巨大的财富。在这里,我彻底地沉醉了。

因为一切都以一种赏心悦目的方式呈现着它破损的面目。苍老的树木上覆盖着的青苔;属于情侣们的木头长凳上留下的一代代人在上面倚靠过的痕迹;被腐蚀的木板与窗户、破碎的椅子。如果说这里的主人不常常修葺它们,但至少看得出他常常来此打扫。所有的物件都干净明亮,没有丝毫的灰尘。

客厅好像一个满脸皱纹的老妇人。裂开的墙壁,被撕裂的吊顶,而我却喜爱这所有一切散发出的陈旧气息。脚下的地板虽然摇晃着如同跳板,却依旧被光鲜地打上了蜡。这是一幢奇特的房子，虽然陈旧不堪，却丝毫没有给人留下缺乏管理与养护的印象。恰恰相反，它的陈旧里透露出一种满怀尊重的情感。每一个年头的逝去，也许都给它增添了无法形容的魅力，令它的面孔变得越发复杂丰富。穿过客厅走入饭厅的这一路好像是一场带有危险的旅行，主人提醒着我：

"小心！"

是我脚下的一个洞。这个洞足以卡住我的双腿，骨折是不可避免的。这个洞的存在不是任何人的错误：它是时间的杰作。它以一副君主般的神情，鄙视着所有的借口。主人既没有对我说："我们会把所有的这些洞都填上，我们不缺钱，但是……"他也没有对我说（尽管这的确是事实）："这幢房子我们从市政府租来了三十年，应该由他们进行维修……"房子的主人不屑于这样或者那样的解释，这种自然令我喜欢。他只是轻描淡写地说了一句：

"哦，房子有点损坏了……"

他说这句话的时候，语气是如此的轻松，让我怀疑他是否真的因为房子的破损而感到悲伤。你能想象一队泥水匠、木匠、油漆工，在这幢房子里摊开他们的各种工具，把房子从里到外地进行修整，八天以后，当你重新走进房子的时候，发现它面目全非，好像你从来没见过它一样？一栋毫无秘密、没有隐蔽的角落、脚下没有陷阱的房子，与市政厅的大厅又有什么区别？

那两个年轻的女孩，自然是消失在这幢充斥着魔法般的房子里了。当客厅已经拥有储藏室一般的丰富与神秘，我实在很难想象，储藏室会是什么样子。这房子里任何一个虚掩的壁橱，一定都堆满了一捆捆发黄的信件，还有那些属于曾祖父的单据与发票。钥匙一定比锁要多得多，于是自然而然的，没有一把老钥匙是与如今还在使用的锁对得上的。派不上用处的钥匙让人想起房子里的地下室、埋起来的箱子和一堆一堆的金路易。

"我们准备用餐吧，您说呢？"

所有的人坐到餐桌边。我呼吸着传递在房间里的如同旧时图书馆般的气味。对我来说，这个世界上没有任何香水比得上这股味道。我尤其喜爱搬动那些沉重的大台灯，那种真正的很重的台灯。在我童年时，我把它们从一个房间搬到另一个房间，让它们在墙壁上留下斑驳美妙的影子，它们跳动在墙壁上，像一束光和一束黑影。然后一旦在一个位置上安顿下来，光线就不再移动，周围陷入黑暗,只有木头地板发出"咔嚓"的响声。

两个年轻的女孩,就像刚才悄悄消失时那样,此刻又再次神秘地出现在我面前。她们依然神色凝重,各自落座。她们一定刚刚喂完她们的狗和鸟儿,打开房间的窗户,尽情地品着夜晚清风中植物散发出的气味。她们抖开摆在面前的餐巾,用眼角的余光谨慎地打量着我,思忖着是不是要把我和她们的宠物们放到一起。她们有一只美洲蜥蜴、一只獴兽、一只狐狸、一只猴子,还有很多蜜蜂。所有这些小动物都生活在一起,相安无事,组成一个人间天堂。而她们两个,则统领着所有这些生命,用她们迷人的小手喂养它们,给它们喝水,还给它们讲故事。无论是獴兽还是蜜蜂,它们都认真倾听着。

我等待着这两个小女孩,用她们细致而充满批判精神的判断力,对眼前这个男客人做出快捷、秘密却又是决定性的评判。小的时候,我的两个姐妹总是会给第一次出现在家里餐桌边的客人打分。当他们的谈话声落下,一片沉寂中,忽然响起一句"十一分"。能体会到这其中无穷乐趣的,只有我和我的姐妹们。

这一童年经历让我觉得有点不知所措。面前两个如此警觉的"法官"更令我觉得尴尬。这两个法官能分辨出哪些动物是天真，哪些是假装单纯。她们能从狐狸的脚步里揣测出它今天的心情，她们对它内心的步伐了如指掌。

我喜欢她们锐利的眼神和纯真的灵魂，可是我真希望她们能换个游戏玩。因为害怕她们嘴里要吐出的那个"十一分"，我给她们递盐、倒酒，不时地献着殷勤。可是当我与她们的眼神交汇的时候，我明白法官温顺而庄严的评判，是你永远不可能收买的。

奉承对她们来说是无用的，因为她们不懂得什么是虚荣。她们天生有一种骄傲，丝毫不需要什么奉承。我也不准备向她们讲述我的职业，来抬高自己在她们眼里的身份。因为把自己抬到与梧桐树枝叶一样高的位置，只为了看看鸟巢里的小鸟是否长出了羽毛，向朋友问一句好，这多少是颇为鲁莽的行为。

两个安静的小仙女继续用她们的眼睛追踪着我。每当我同她们闪动的眼神相遇时，我就立即停下来不说话了。这片寂静中，地板下响起一阵窸窣声，片刻后就消失了。我充满好奇地抬起眼睛望着她们。她们一定是在对我进行了各项测试以后，还比较满意，决定使出最后一个招数。于是年纪较小的一个，边用她年轻的牙齿咬着面包——她

一定是希望用这样的态度吓唬眼前这个野蛮人,如果我是个野蛮人的话——边天真地对我说:

"那是蛇。"

她看起来对自己的解释非常满意,好像这个说明对世界上任何一个不太愚蠢的人来说,都应该已经足够了。她的姐姐看着我,似乎是在等待我有什么特殊的反应。然后她们两个一起把她们温柔天真的脸庞弯向面前的盘子。

"啊!是蛇……"

这句话自然而然地从我口中溜出。刚才穿梭在我双腿间、环绕在我的脚踝边的,原来是蛇……

幸好我继续微笑着。我微笑是因为这幢房子每一秒都带给我新的惊喜,也因为我想了解更多关于蛇的事情。年长的那个女孩帮了我:

"它们在桌子底下的一个洞里有个窝。"

"晚上十点左右,它们就离开了。"另外一个补充道。

轮到我定睛观察她们了。她们细腻的皮肤、平静的脸孔下荡漾着无声的笑容。我欣赏着这种王者般的气质……

如今,我做着这场梦。这一切对现在的我来说,都已经如此的遥远。两个小仙女变成什么样子了？也许她们已经结婚了。从小女孩到女人的转变是多么重大的一件事情。她们在各自的新房子里做些什么？她们同野草还有蛇，又发生了些什么故事？从前，她们是与这个世界上那些普遍通常的东西混合在一起的。总有那么一天，女性的种种会在她们小女孩的身体里，一夜之间觉醒。她梦想有个人能让她打出十九分，这变成萦绕在心底的期许。这个时候，一个傻瓜会走进她们的生命。有生以来第一次，那双聪慧敏锐的眼睛迷失了方向。傻瓜只要向她们颂吟一句诗，她们便将他当作诗人。她们以为他能欣赏布满了洞的地板的魅力；以为他也会喜欢那些獴兽；以为桌底下，游走在他双腿间的蛇的信赖会让他感到喜悦。于是她们把自己如同绽放在野地中的花园一般的心灵，交付于他。只是他爱的，却是那精雕细琢的人造公园。从此以后，傻瓜牵着昔日公主的手，把她变成了自己的奴隶。

第六章

沙漠中

Dans le désert

只是他依然记得撒哈拉每一个沙堆褶皱处隐藏着的危险;他记得深夜里每一次枕着沙粒,躺在帐篷中的情景;他记得夜晚围绕着篝火,讲述着关于敌人的一切时那颗跳动的、火热的心。那种记忆,就如同品尝大海的滋味。试过一次以后,你将终生难以忘却。

一

当你成为撒哈拉航线的飞行员，从一座堡垒飞到另一座堡垒，成为沙漠的囚犯的时候，你将连续几个星期、几个月，甚至是几年，再也无缘于藏在那座老房子里的温存。沙漠里是没有绿洲的。花园和年轻的女孩，这些都属于传说。当然，当工作结束了以后，在遥远的地方，也许会有千百个年轻的女孩在等待着我们。当然，在她们的书本和獴兽的环绕下，她们耐心地孕育着美好的灵魂，也变得越发美丽……

但我了解什么是孤独。三年的沙漠生活让我尝尽了孤独的滋味。我们似乎并不怕年轻的生命在这片贫瘠的风景中被损耗、消磨，只是远方的世界里，一切都在逐渐苍老逝去。树上已经挂满果实,地里也稻谷金黄,女人们越发美丽。时间一点一点地过去,我们开始急切地想要回家……时间一点一点地过去,可我们还停留在远方……大地的财富像沙丘上的一把细沙,从指尖溜走了。

对于普通的人来说,时间的流逝常常是难以察觉的。他们生活在一种暂时的平静中。然而对于飞行员来说,即使在到达停靠站以后,我们依然能感觉到,推动着我们不断前行的信风,感受到时间的分秒流逝。我们好像永远行色匆匆的旅行者,耳中响着车轴在夜里转动敲击的响声,无论是乡间流动的溪水,还是明媚的田野、灵动的村庄,没有什么能阻止我们的脚步。即使停靠的那一站安详惬意,我们仍然被一股轻轻的狂热点燃着,耳中响着飞机的杂音,觉得自己时刻都在路上。我们觉得自己被大风带入了某种未知的未来,跟随我们的只有自己的心跳。

除了沙漠,还有越来越多的异教徒。朱比角的夜晚,一刻钟一刻钟地,好像被时钟上的针切割了开来:哨兵们用他们所熟悉的呼喊,互相警戒着。朱比角的西班牙城堡,就以这种方式,抗击着那些不见踪影的异教徒。而我们这些驾驶着飞机的旅人,则倾听着远方越来越近的呼喊。它们好像飞过海面的海鸟,轻扑着翅膀在水面留下点点涟漪。

然而，我们还是如此地热爱沙漠。

对于不了解它的人来说，沙漠不过是一片空荡寂静之地，那是因为沙漠不会将它的真实面目呈现给它的一日情人。其实，有的时候哪怕是我们本国的一个小村庄，也会让人觉得陌生。如果我们不为了它而放弃整个世界，如果我们不愿意走近它的传统、习俗以及它的敌人，我们永远也无法了解它为这个地球上某些人所建的那个国家。沙漠中的人们，他们如同修道士一般封闭在修道院的高墙中，按照属于他们的规则生活着。他们离得如此遥远，没有任何一架飞机能把我们带到他们身边。如果你去参观他的房间，你会发现那里面空旷一片。属于他们的王国，在他们的心中。正因为如此，沙漠并非仅仅由沙尘或者那些带着枪的图瓦雷克人和摩尔人组成……

而今天，我们在沙漠里感受到了口渴。我们才意识到，沙漠里的那口井对这片土地的重要性。就像一个藏在房子深处的女人，她会让那房子变得温馨而有家的味道。井同爱一样，可以带到远方。

沙漠起初是空寂无人的。有一天，出于害怕强盗们突然的袭击，我们发现了他们在沙漠中准备袭击时留下的踪迹。强盗改变了沙漠的景象。

我们接受了游戏的规则，我们明白必须像当地人一样行事、生活。只是在外面远远地看着撒哈拉，你永远都不会真正地了解它。只有真正地走进去，了解它的文化，才能懂得它。参观一个绿洲并不会让你懂得沙漠。只有体会到了水在沙漠中的珍贵，你才会真正懂得这个地方。

二

从我的第一次飞行开始，我就已经品尝到了沙漠的滋味。我和里盖勒、纪尧姆一起，被困于努瓦克肖特附近的小堡垒中。这个毛里塔尼亚的小停靠站，如同一个遗失在汪洋大海中的小岛，偏远荒芜。一位年老的中士和十五名塞内加尔人一起驻守此地。当我们到来时，他好像是迎来了来自上天的使者。

"啊！能和你说话实在是太好了……真的，你们不知道这对我的意义！"

我们的出现对他的意义如此重大，他忍不住哭了起来。

"六个月来，你们是第一批出现在这里的人。他们每六个月给我供应一次粮食和军需品，来的要么是副长官，要么是上尉。"

我们对这一场面非常惊讶。在离达喀尔只有两个小时航程的地方，活节连杆突然断裂，让我们不得不临时改变了降落地点。我们这才出现在这位中士面前，扮演起下凡天使的角色。

"来，喝酒，能请你们喝酒我非常高兴！上次上尉来的时候，我就没有酒可以请他喝。"

这一幕我已经在另一本书里讲述过，那并非一部小说。他对我们说："上一次，我连干杯都没能干成……我当时惭愧得很，只能让其他人来接替我。"

和站在你对面的人一起喝一杯，为了这一分钟的到来，他们至少已经等待了六个月。这一个月来，他们打磨着自己的武器，把储藏粮食的地方打扫得干干净净。这几天他们开始感觉到，期待已久的一天即将来临。他们时刻监视着周围发生的一切，期待着阿塔尔小分队在飞舞的沙尘中出现……

可是中士没有足够的酒，他们既不能庆祝，也不能干杯。他觉得自己颜面扫地……

"我希望他赶快回来。我等着……"

"他在哪里,中士?"

中士用手指着茫茫沙漠:"没有人知道,上尉他也许此时在沙漠里的任何一个地方。"

这个夜晚我们是在堡垒的露台上度过的。我们谈论着天上的星星,除此之外也没有任何其他东西可以看。一切都是如此的真实。星辰和从飞机上看到的一样完整,只是天空显得更平稳。

在飞机上,当黑夜特别美丽的时候,你常常会沉醉在其中,忘记还有飞机要操纵。于是,机身会一点一点地向左面倾斜。当你发现飞机右翼下方出现一个村庄时,你还以为自己是在水平位置飞行。可是在沙漠里是没有村庄的踪影的。那就是一队小渔船?只是撒哈拉里也永远不会出现渔船。于是,村庄又重新回到了它的位置。你把刚才任由它掉下去的星星重新挂回天空。村庄?是的,那是个星星的村庄。然而,从城堡的高处望去,却只看到一片没有凝固的沙海。星星依然悬挂在空中。中士跟我们谈起它们:

"我知道应该朝着哪个方向去……那边那颗星星,跟着它一直走，就能到突尼斯！"

"你的家在突尼斯？"

"不是，是我表妹的家。"

中士沉默了良久，然后对我们说：

"总有一天，我要去突尼斯。"

也许，他会走另一条路到突尼斯，而不是一直朝着这颗星星的方向走。除非，在这场旅途中，一个接着一个干涸的水井，让诗意慢慢地转变为狂乱。此时，星星、表妹和突尼斯开始混淆在一起。于是他这才跟着星星，开始一段仿佛受到神灵启示，但在凡人看来痛苦不堪的旅程。

"我曾经向上尉要求过，让他准许我去突尼斯，为了我的表妹。他回答我说……"

"他回答你说什么？"

"他说，'表妹在哪儿都有'。因为达喀尔比突尼斯近很多，他就把我调到了达喀尔。"

"她长得好看吗，你的表妹？"

"突尼斯的那个？当然，她的头发是金色的。"

"不是，我说的是达喀尔的那个。"

中士，我们当时一定令你很尴尬。你伤心而忧郁地回答着："她是个黑人……"

中士，撒哈拉对你来说，究竟是什么？它是永远朝着你走来的上帝，也是藏在五千公里外的沙海后面，一个温柔的金发表妹。

沙漠对我们又意味着什么？是从我们身体里油然而生的，是我们对自己的了解与认识。那天晚上我们同中士一样，爱上了一个表妹和一个上尉……

三

处在没有被当局掌控的领域的边界，努瓦迪布并不能算一座城市。努瓦迪布有属于我们航空公司的城堡、仓库和一幢小木屋。尽管军力资源稀少，但是因为被周围无边的沙漠环绕着，努瓦迪布几乎不可战胜。想攻打这里，要穿越这片漫无尽头的沙漠，匪徒们常常还未抵达目标，就已经用尽了所有的饮用水，筋疲力尽。然而在所有人的记忆里，北部总有些匪徒不断向着努瓦迪布方向行走过来。每次上尉兼当地行政负责人来我们这里喝茶，总会摊开地图，向我们讲述他们的行走路线，好像在讲述一个关于异国公主的传奇。然而他们从未到达过目的地，好像沙漠中的水源一样，流着流着就慢慢干枯了，我们管这叫作"幽灵式攻击"。当地政府发给我们的手榴弹和子弹，全都在我们脚下的箱子里沉睡着。除了寂静，我们并没有其他的敌人需要抵抗。卢卡，机场的主任，从早到晚地用留声机放着音乐。那歌声离得那么远，用一种梦吟般的语言讲述着什么，听起来像是一个人渴了的呻吟，叫人没有缘由地感伤。

这天晚上，我们在城堡里与上尉共进晚餐。上尉领着我们参观他的花园。他收到三箱穿越了四千公里的来自法国的泥土。就是在这捧泥土中，长出了三片绿叶。我们像抚摸着珍宝一样，轻轻地触着这几片叶子。上尉自豪地对我们说："这是我的花园。"当卷着黄沙的、干涩的风吹起时，我们就赶紧把这个花园搬进地窖。

我们住在距离城堡一公里的地方。晚餐结束后，大家在明亮的月色下步行回到住处。月光下的沙漠是玫瑰色的。我们感到自己身处其中的贫乏，但至少沙子的颜色是浪漫美好的。哨兵的一声呼喊顿时又将我们拉回这苍凉的现实世界。此时整个撒哈拉都惧怕我们的影子，询问我们该怎么办，因为一场袭击正在悄悄降临。

随着哨兵的呼喊，沙漠里响起一片嘈杂声。沙漠不再是一个空荡无人的大房了：那一群摩尔人让这夜晚变得有了磁性。

我们以为自己是安全的。可是疾病、灾祸、匪徒，有多少危险拦在我们面前！人类总是秘密狙击手们的目标。塞内加尔的哨兵如同先知一般，在提醒着我们。

我们回答："法国人！"然后从黑色天使前走过。我们觉得呼吸顿时顺畅了。这突如其来的威胁，让人觉得自己是如此的高贵……它虽然被沙漠远远地阻隔在外，也并不急迫，却令人瞬间感到这个世界的变化。沙漠重新变得庄严而沉重。一场在某处正在前进着的突袭，虽然它永远无法抵达目的地，却让沙漠显露出难以形容的神性。

晚上十一点，卢卡从无线电站回来，通知我做好准备，半夜十二点会有一架来自达喀尔的邮航飞机抵达。飞机一切正常。十二点十分，邮件被转运到我的飞机上，我将载着它们飞向北方。我站在一面破损的镜子前，仔细地刮着胡子。时不时地，我将毛巾围在脖子上，走到门边，眺望着窗外的黄沙：天气很好，可是风向却变了。

我重新走到镜子前,思索着。当风持续往一个方向吹了几个月以后,忽然改变方向,有的时候会对天空产生干扰。我穿上那些行头:皮带上系着照明灯,还有高度计、铅笔。我找到内里,他将担任我今天飞行中的通信员。他也在刮胡子。我问他:"你还好吗?"到目前为止一切都还好。这些准备工作将是这次飞行中最简单的任务。忽然,我听到一声轻响,一只蜻蜓撞在了我的台灯上。不知道为什么,我的心揪紧了。

我走出房间,一切都是那么的明朗。机场附近的山崖清晰地显现在天空下,就像是白天一样。沙漠笼罩在一种有秩序的寂静里,仿佛一排排井井有条的房子。突然,又有一只绿色的蝴蝶和两只蜻蜓撞在了我的灯上。一种沉重的情绪再次笼罩了我,它也许是一种欢愉,也许是恐惧,它来自我身体的最深处。有一个人在远方对我说着些什么。这是不是一种本能?我又走出来,风变得很弱,空气是清凉的,而我却收到了一个警告。我猜测着,我想我猜到了自己在等待什么,那我到底猜对了没有?风和沙都没有给我任何的暗示,跟我说话的,是那两只蜻蜓,还有一只绿蝴蝶。

我爬上一堆沙丘,面向东方坐了下来。如果我是正确的，那它应该用不了多久就要来临了。蜻蜓在距离绿洲几百公里的内陆寻找些什么呢？

被推上海滩的船只的碎片，告诉人们飓风正在海洋深处肆虐。而这些昆虫告诉我的，是远方的一场沙尘暴正在前进着。一场来自东面的风暴将棕榈树上的绿蜻蜓们赶到了此地。风暴的泡沫已经触摸到了我。从东面吹来的风，它是一个证明，一种严重的威胁，一场风暴正在酝酿着。它只是对着我轻轻地吹了一口气，好像浪花对着最后的警戒线温柔地抚摸着。我身后二十米的地方，还没有任何风吹草动。但是我知道，几秒钟以后，撒哈拉将会轻轻开始它的第二次呼吸。三分钟以后，停放飞机的仓房前的风向袋将被风吹得狂乱舞动。十分钟以后，黄沙将席卷天空，我们将在这漫天黄沙中起飞。

而这一切却不是令我感动的原因。让我充满了近乎原始的欢喜的，是我居然似懂非懂地明白了那秘密语言，像一个原始人一样，在细微的气味中找到了关于未来的预示。我在蜻蜓拍打的翅膀上读到了一种愤怒——那即将到来的沙漠风暴。

四

我们和那些不愿屈服的摩尔人始终有着联系。他们来自某一片不允许我们踏上的土地的深处。有的时候他们会出现在朱比角或者锡兹内罗斯的城堡,只为了买些甜面包或者茶叶,然后又消失在一片神秘中。我们尝试着驯服他们中的一些人。

有时我们遇上的,是几个在当地部落中很有影响的首领。在经过航线负责人的同意以后,我们将他们带上飞机,让他们看看世界是什么样子的。这么做的目的,是为了熄灭他们心中无名的傲慢之火。因为在他们杀害犯人时,常常并非出于仇恨,而是出于蔑视。当他们在城堡附近和我们相遇时,他们连辱骂我们都不屑,只是转过身去,往地上吐口水。这种骄傲完全出自他们对自身强大力量的一种错觉。一旦整备出拥有三百支步枪的部队,他们中的许多人就会对我重复着:"法国人,算你们运气好,因为从这里行军到你们的国家得走上一百天……"

我们带着他们其中的三个,坐飞机参观了这个陌生的法国。他们中间的一个,有一次在和我一起飞到了塞内加尔以后忍不住哭了起来,因为他生平第一次看见树木。当我在帐篷下面重新见到他时,他们正弹奏乐曲庆祝着,女人们光着身体在花丛里跳舞。这些男人一生中,从来没有见过一棵树、一座喷泉,或者一朵玫瑰。他们唯一听说过的花园,是《古兰经》里那些流着泉水被称作"天堂"的地方。这天堂和美丽的花园,只有在沙漠中,通过那苦涩阴森的死亡之门,才能引领你走入。三十年苦难地与风沙相伴,一瞬间,就被背后的手枪夺走了性命。然而,上帝却欺骗了他们。因为身边的这些法国人,他们既不以死亡当作条件,也不用干涸来进行要挟,好像轻而易举地,就将他们带入了花园与天堂。这就是为什么,现在那些年老的首领开始有了梦想。这也是为什么,在撒哈拉给予了他们一生如此贫瘠的快乐以后,他们向我们吐露出心里的秘密。

"你知道……法国人的神……他们对待法国人,比摩尔人的神对待摩尔人要慷慨!"

几个星期前,我们把他们带到了法国的萨瓦。领路人把他们带到一座巨大的瀑布前,那瀑布像编织而成的大柱子,发出轰隆隆的咆哮。领路人对他们说:"喝吧。"

那是淡水,淡水!在撒哈拉要走多少天,才能找到离你最近的一口井。即使找到了,要挖多少个钟头的沙子，才能喝到一口混合着骆驼尿的烂泥水！哦，水！在朱比角、锡兹内罗斯和努瓦迪布的摩尔人孩子，他们乞讨的不是钱，而是水：

"给点水吧，给点……"

"如果你听话……"

在撒哈拉，水比金子还要贵重。每一滴水都令沙漠里星星点点的绿草向外伸展。如果某个地方刚下了场雨，一定马上会引起一场规模宏大的部落迁徙。人们向三百公里以外长着青草的地方朝圣而去……努瓦迪布如此吝啬水源，十年都没有从天上落下一滴。此刻眼前的瀑布却在他们的面前咆哮着，好像一个被打破的蓄水池，肆意地倾泻流淌。

"我们走吧。"领路人对他们说。

他们站在那里一动不动。

"再让我们待一会儿。"

他们面色凝重，庄严地坐着，一声不出。从这高山的肚子里流淌出的，是生命，是人类的鲜血。对他们来说，这片瀑布象征着神的出现，他们不能就此转身离去。神打开了闸门，显示着它无穷的力量。三个摩尔人依旧没有动静。

"你们还在看什么？走吧……"

"等一等。"

"等什么？"

"等水停止不流了。"

他们等待着神结束这一疯狂的行为，收回它少有的慷慨。

"这水已经流动了整整一千年了！……"

这天晚上，他们试着尽量不去想那瀑布。对于某些奇迹来说，最好是保持沉默，甚至不要去想它，否则它会令人思绪混乱。否则，它会令人对神产生怀疑……

"这是你们法国人的神，你明白吗……"

我很了解我的这些摩尔人朋友。他们此刻开始对自己的信仰多少产生了怀疑。从此以后，他们做好了臣服的准备。他们多么希望，能由法国军需处向他们提供大麦，保障他们的安全。事实上，一旦他们听从法国当局的命令，他们的确能获得一些物质上的保证。

然而，他们三个身上都流着与特拉扎省的埃米尔[1]阿

---

[1] 埃米尔是阿拉伯国家的贵族头衔，用于中东地区和北非国家。

勒·玛穆一样的血。

我认识阿勒·玛穆的时候，他还效力于法国当局。法国政府因为他的各种贡献，授予他荣誉军官的称号。他享受着政府给予他的物质上的财富，同时又拥有当地部落的尊敬，看起来什么都不缺。可是某一天夜里，在没有任何征兆的情况下，他在沙漠里杀害了由他负责陪同的法国军官们，带着步枪，骑上骆驼，去与那些不服从当局的部落会合了。

大家一致把这突然的反抗称为"背叛"。他的逃亡既充满了绝望的味道，又饱含英雄色彩。从此以后，一个部落贵族将流亡于沙漠中。他短暂的荣耀很快就会像一支火箭一样，消失在阿尔塔部队的阻击中。所有人对这一疯狂的举动都充满了不解。

然而，阿勒·玛穆的故事，不过是很多阿拉伯人相同的经历而已。当人渐渐老去时，我们开始对自己的人生反思冥想。于是有一天晚上他发现，当自己的手与那些天主教徒的手握在一起的时候，他背叛了穆斯林的神。从那一刻开始，其实他就丧失了一切。

对他来说，平静的生活与源源不断的大麦，还有什么意义呢？失了势的战士，只能变成牧羊人。只是他依然记得撒哈拉每一个沙堆褶皱处隐藏着的危险；他记得深夜里每一次枕着沙粒，躺在帐篷中的情景；他记得夜晚围绕着篝火，讲述着关于敌人的一切时那颗跳动的、火热的心。那种记忆，就如同品尝大海的滋味。试过一次以后，你将终生难以忘却。

于是今天，他只能在这片平平无奇的、宽广和平的土地上游荡着。只有今天，撒哈拉才是一片沙漠。

他杀害的那些军官，也许同样令他尊敬。但是对真主的爱，是超越了这世上的一切的。

"晚安，阿勒·玛穆。"

"真主保佑你！"

军官们蜷缩在被子里，面向着星辰，躺在沙子上。星星慢慢地变换着位置，天空如同一个巨大的时钟。月亮弯向沙漠，用它的智慧把一切带回虚无。那些天主教徒即将睡去，再过短短的几分钟，就将只剩下闪烁的星星。于是，为了重建昔日部落的辉煌，为了继续他们的征途，为了让沙漠重新灿烂耀眼，只需要让天主教徒们在睡梦中发出轻轻的喊叫……再过几秒钟，就即将诞生一个新的世界……

就这样，他杀死了那些沉睡中的英俊军官。

五

今天在朱比角，肯玛拉和他的兄弟穆亚内请我到他们的帐篷里去喝茶。穆亚内无声地注视着我，脸上透露出充满野蛮气息的警惕。只有肯玛拉向我表示着欢迎：

"我的帐篷、骆驼、女人和奴隶们，都为你服务。"

穆亚内的视线依然集中在我身上，然后转向他的兄弟，嘀咕了几句以后，就又陷入了沉默。

"他说什么？"

"他说博纳富偷走了属于戈尔巴的一千头骆驼。"

这位博纳富上尉是撒哈拉骆驼骑士阿塔尔地区小分队的上尉。我虽然不认识他，却从摩尔人那里听说了关于他的一系列传说。摩尔人每次谈论到他时，都充满了愤怒，但同时又对他怀着一种畏神般的尊敬。他的存在好像给予了沙漠某种特殊的价值。今天他又忽然出现在正在向南行的匪徒们的队伍后面，一口气偷走了几百匹骆驼。为了抢回他们以为藏得很安全的宝贝，匪徒不得不掉转头追赶。现在，他以天使般的姿态出现，解救了阿尔塔。他笔直的屹立在那里，如同一种保证。而他的光环之影响力又是如此之大，迫使周围的部落都向着他的利剑走过来。

穆亚内越发严厉地看着我，又对他的兄弟说着些什么。

"他说什么？"

"他说：'我们明天要发起突袭，目标就是博纳富。我们有三百支步枪。'"

我早就猜到，这几天将有特殊事件发生。三天以来，摩尔人不停地将骆驼牵到井水边，还有那些鼓舞人心的大型集会。他们好像正在扬起一面无形的船帆，如今澎湃的风已经把它涨得满满。因为博纳富，每一步迈向南方的步伐，如今都充满了辉煌与荣耀。我已经无法看清，他们的出征到底是出于爱还是恨。

拥有一个如此高大的敌人等着你去屠杀，好像让这个世界也变得崇高庄严了。只要是博纳富出现的地方，当地的部落立即收起帐篷，带着他们的骆驼逃跑。他们害怕与他面对面的相遇，而那些遥远的部落则感受到一种同爱情一样的晕眩。放弃了营地的安全，抛开女人的怀抱，将幸福的睡眠抛在脑后，顶着难言的干渴，朝着南方日夜不停地行走了两个月，还要蜷缩着等待沙尘暴过去。如果在黎明时能突袭阿塔尔小分队，甚至如果真主允许的话，杀了博纳富，这世界上没有什么比这更能令人欣慰的事情了。

"博纳富很厉害。"肯玛拉对我说。

我现在知道了他们的秘密。就好像那些思念心爱女人的男人，他们梦见她漫不经心散步的步子，在夜晚里焦灼受伤得辗转难眠，在梦里苦苦追随她无动于衷的脚步。博纳富遥远的脚步刺痛着他们的神经，灼烧着他们的灵魂。这个将自己扮成摩尔人的天主教徒，带领着他手下两百个摩尔人士兵，背叛了法国军队。他早已抛开了那些属于法国军人的道德教义，将它们如同供在桌上的牲畜一样毫不犹豫地牺牲了。摩尔人追随着他，甚至连他的弱点都让他们惧怕。这个夜晚，当摩尔人还沉浸在他们沉重的睡眠中时，他若无其事地走过，将自己来来回回的脚步留在了沙漠的心脏。

穆亚内在帐篷深处一动不动地冥想着，像是一尊青色花岗岩浮雕，只有眼睛闪烁着。他手中的银色的刺刀，将不再是一个简单的用来玩耍的物件。自从他决定加入这场袭击，他就变了！此时的他，对我充满了鄙视，他自己则被一种高贵的情感所填满。因为他即将为了博纳富出征远行。黎明时他将被一种仇恨推动着启程，尽管这仇恨中充满了爱的痕迹。

他将身体弯向他的兄弟,看着我,低声说了些什么。

"他说什么?"

"他说如果他在离城堡远的地方遇见你,他会朝你开枪。"

"为什么?"

"他说:'你有飞机和无线电通信,你有博纳富,但是你没有真理。'"

穆亚内纹丝不动地被裹在蓝色斗篷中,形如雕像,审判着我。

"你像一只羊一样吃那些绿叶子菜,像猪一样吃猪肉。你们的女人不知羞耻,她们不把自己的脸遮起来——他见过她们。你从来不祷告。如果你没有真理,你的飞机、无线电通信,还有你的博纳富对你来说又有什么用?"

我欣赏这些从来无须为自由而斗争的摩尔人,因为生在沙漠中,你永远是自由的。他们也不为珍宝而战,因为沙漠赤裸一片,但是他们为了某一个秘密王国而战。沙漠无声的浪花中,博纳富像一个海盗船长一般,带领着他的小分队前行。因为他的出现,朱比角不再是悠闲的放牧人的家园。他掀起的风暴沉重地击打在沙漠的双肋上,因为他,他们晚上必须把帐篷收紧。南方的那种寂静是叫人心神震裂的。可那是博纳富的寂静！而穆亚内像一个年老的猎人，聆听着博纳富行走在风沙中的脚步声。

当博纳富有一天即将返回法国的时候，他的敌人们不笑反哭。好像他的离去，把他们的沙漠撕去了一个角，让他们的存在顿时失去了光彩。他们对我说：

"他为什么要走，你的博纳富？"

"我不知道……"

这些年来，他用自己的生命与他们玩了一个游戏。他将他们的规则变成了他自己的规则。他睡觉的时候，头靠的是他们的石头。在永不停息的追逐中，他和他们一样，经历着如同《圣经》所描绘的那些星星与风组成的黑夜。然而他的离开，却在告诉他们，这一切对他来说，并不是人生中最重要的、唯一的一个游戏。他从容自然地从桌子前离开，而那些被留下来继续游戏的摩尔人，因为不再需要像从前那样拼命地、全身心地投入，而失去了对生活的信心。

"你的博纳富，他会回来的。"

"我不知道。"

他总有一天会回来的，摩尔人想。欧洲的那些游戏是不能满足他的，无论是部队里的桥牌，还是升迁，或者女人。被失落的高贵魂牵梦萦着,他会回到这里。这里的每一步都让人心跳,如同走向爱情的脚步。他以为在这里经历的一切不过是一场奇遇,欧洲才是他最终的归宿。然而他一定会失望至极地发现,所有他真正拥有的财富其实都在这沙漠里:这沙子的荣耀,这黑夜与寂静,这风和星辰的祖国。如果有一天博纳富回来,这个消息一定会在第一个夜晚就悄悄地传到每一个角落。他们知道,在撒哈拉某处,他和他的两百个摩尔人手下正在沉睡。于是他们将再次把骆驼牵到井边,储藏起大麦,准备着枪支,被一种恨,或者是一种爱,驱使着,向他走去。

六

"把我藏在去马拉喀什的飞机里吧……"

在朱比角,每天晚上这个摩尔人的奴隶都向我诉说着这个乞求。说完,他好像是觉得自己至少尽力做了一件事,然后盘腿坐着为我沏茶。每天一次的乞求好像祷告一样,让他一天内心平静。他似乎是觉得自己找到了这个世界上唯一能治愈他的医生,或者唯一能拯救他的神。他把脸弯向烧水壶，眼前浮现着马拉喀什黑色的土地、粉红色的房屋、一种简单的生活和所有他失去的一切。他从来不对我的沉默生气，也不怨恨我不给予他重生的机会：我对他来说不单是一个简单的人，而是一种向前走的力量。好像一阵吹起的风，有一天能把他带到他所向往的地方。

可是我只是一个普通的飞行员，刚刚成为朱比角机场的主任没多久。我所拥有的，不过是一幢背倚着西班牙城堡的小木屋，里面只有一个盆、一桶盐水和一张小床。我对自己所拥有的权力并不抱任何幻想。

"老巴克，这件事，还是以后再说吧……"

所有的奴隶都叫巴克，所以他也叫巴克。度过了四年的奴隶生涯后，他仍然没有放弃：他记得自己曾经如同帝王般的生活。

"你以前在马拉喀什的时候，是做什么的？"

在马拉喀什，他的妻子和三个孩子也许还继续在那里生活，而他曾经做的是一份绝妙的工作：

"我是看管牲口的负责人。我的名字叫穆哈麦德！"

当雇主吩咐他："我有牛要卖，穆哈麦德，去给我把它们从山上领下来。"

或者是："给我把那一千头羊从山上领到草地上。"

巴克就挥动着一根橄榄树枝，领着牲畜们从山上浩浩荡荡地下来。他是它们唯一的首领。当羊群中的某一只绵羊因为分娩而停留时，他就勒令脚步最快的那几只慢慢走。当牲口们拖拖拉拉地不肯前进时，他也毫不犹豫地催促着它们。巴克踩着自信的步伐前行。这支浩浩荡荡的队伍里，只有他能在星辰中寻找到合适的道路，只有他懂得羊群不可能懂得的科学经验，只有他能决定何时该休息，何时要找个水源喝点水。深夜时分，当牲口们已经沉浸在梦里时，巴克站在及膝高的羊毛里，带着对这些没有意识的牲畜的无限温柔，为他的臣民们祈祷着。

有一天，一群阿拉伯人对他说：

"跟我们一起到南部去，那里有很多牲口。"

他们让他走了整整三天。三天以后，当他走到一条靠近叛乱区的弯曲的山路边时，他们拍拍他的肩膀，给了他这个"巴克"的名字，然后将他卖给了人贩子。

我还认识很多其他奴隶。我每天都去摩尔人的帐子里喝茶。光着脚，坐在羊毛的地毯上——对游牧民族来说，这可是一种奢侈品。他们在这帐子里停歇片刻，而我则品尝着这一天旅行的滋味。沙漠里，你时刻能感到时间的流逝。炙热的太阳底下，黑夜与清风正在慢慢地来到，掠过四肢，擦拭身上的汗水。炙热的太阳底下，牲畜与人都在向着"死亡"这个巨大的蓄水池慢慢走去。于是，悠闲与无所事事永远都不会是徒劳的。每一天都是如此美丽，好像通往大海的错综复杂的路途。

我认得那些奴隶。当主人从他们的藏宝箱里取出烧水用的炉子、水壶和杯子的时候，他们就走进了帐篷。那藏宝箱里满是些荒谬的物品，没有钥匙的锁、没有花的花瓶、不值钱的镜子、陈旧的武器，把这些东西摊开放在茫茫沙漠里，就好像一场海难的残景。

奴隶无声地在炉子里填满干柴，往火苗上吹着气。他的肌肉足以能将雪松连根拔起，可他却做着小女孩都能做的轻松的活——把水壶装满水。他如此平静地投入这个游戏中：泡茶，照顾主人的骆驼，吃饭。炙热的白天里，他期盼着夜晚的降临。寒冷的星空下，他等待着火热的白天。他喜欢北国，那里四季分明，夏季期待冰雪，冬季期待艳阳。而这火炉一般的热带国家，却没有什么变化。但是，撒哈拉日夜的交替能将人从一种希望带入另一种希望，也同样让他欢愉。

有的时候，黑人奴隶屈腿坐在门前，尝着晚风的滋味。在这具被擒获的身体里，记忆早已经被抹去。他唯一隐约记得的，是自己被绑架时散落在他身上的拳头、他的叫喊、将他捆绑起来的男人们的手臂。从那一刻起，他坠入一种奇异的睡眠中。好像一个盲人，再也看不见塞内加尔细长的河流，看不见摩洛哥南部白色的城市。他像一个聋子，再也听不见自己曾经熟悉的声音。这个黑人，他并不对自己感到不幸，他只是被过往的经历折磨而变得如此孱弱。某一天生命忽然落入这游牧生活的轨迹，一切都围绕着沙漠中的迁徙与转移，从此以后，他还能拥有或者保存些什么关于往日生活的痕迹？家庭、妻子、孩子，对他来说，难道不比死亡消失得更彻底？

人在品尝过慷慨的爱之后，忽然有一天被剥夺了所有的温情，这会令他疲倦，厌烦一个人坚持着尊严度日。于是他谦卑地向生活靠近。哪怕是一种最平庸的爱，也能令他幸福。放弃属于自己的权力，听从别人的使唤，再也不去努力争取什么，让他觉得温和平静。他心甘情愿，别无他求地成了一个奴隶，把烧好主人的炉火当作是一种骄傲。

"给你，拿着。"主人对他的奴隶说。

这一片刻主人之所以面露祥和，是因为他一路的炙热疲劳，在这片清凉中暂时得到了缓和。于是，主人递给他一杯茶。奴隶对这突如其来的慷慨感恩不尽。为了这杯茶，他弯下身体亲吻主人的膝盖。奴隶并不戴脚铐和锁链，因为他完全不需要！他是如此的忠实！曾经的黑人皇帝早已不存在，如今的他，只是一个幸福的奴隶。

但终有一天，他将被释放，重获自由。当他老得什么都干不了的时候，当他消耗的食物和穿在身上的衣服，比他能为主人带来的回报少的时候，他将获得对他来说某种过度的自由。整整三天，他徒劳地在一个又一个帐篷下询问着，有没有人需要一个奴隶。他一天比一天虚弱，到了第三天的晚上，就乖乖地躺在沙子上。我曾经在朱比角见过一个赤身裸体死在沙子上的奴隶。摩尔人任由他慢慢死去，但并不显得残忍；摩尔人孩子则在这些阴暗的残骸边游戏着，每天早上跑到他身边，看看躺在地上的这具躯体是否还在蠕动。这一切都符合自然规律，好像是在对奴隶说："你工作得很好，现在你有睡觉的权利了，睡吧。"躺在地上的那具躯体，此刻感受到的不是生命对他的不公正，而是令人眩晕的饥饿。他渐渐地与土地交融在一起。在工作了三十年以后，他赢得了躺进大地的权利。

我第一次看见黑奴在我眼前死去，他丝毫没有呻吟：因为这个世界上，没有什么能令他呻吟的痛苦。我猜测在他身上，有一种阴暗的、对一切的默认与赞同。好像一个迷路的山里人，在用尽了全部力气以后，躺到了雪地上，用大雪包裹起自己的梦想。令我痛苦的，并不是他死去时所经受的痛楚，我不相信他有什么痛楚。令我痛苦的是人死时，随之消失的一个未知世界。我自问，和他一起离开的是何种画面？哪一种塞内加尔的植被，哪一座摩洛哥白色的小城，会一点一点陷入遗忘中？我不知道，在这一堆黑色躯体里，熄灭的是那些悲惨的牵挂：泡茶、给牲口喝水……是一个奴隶的灵魂正在睡去，还是有某些记忆将在此时得到重生，令人在高贵中走向消亡。人坚硬的头骨好像藏宝箱，我不知道那里面，哪些丝绸的色彩，哪些狂欢的场景，哪些对这片沙漠毫无用处的回忆，能躲过这场即将沉没消散的灾难。藏宝箱放在那里，它沉甸甸的，关闭着。我不知道在人生命里最后那段时间的睡眠中，究竟是哪一部分从意识与躯体里抽离，与自然世界分隔。然而它最终又会慢慢地回到自然，如同大地与根茎。

"我以前是看管牲口的，我那时候的名字叫穆哈麦德……"

这个被擒获的黑人，是我认识的第一个拒绝向命运低头的奴隶。摩尔人剥夺他的自由,让他在一夜之间和新生婴儿一样,一无所有。然而这并不是最严重的。上帝也同样能在瞬间摧毁人的丰收。比物质上的侵害更深刻危险的,是摩尔人对他作为个人身份印记的威胁。和其他俘虏不同,这个巴克没有妥协,他不让自己生命里曾经那个为糊口而终年劳碌的牧羊人的记忆就此消失。

他不像大多数奴隶一样,厌倦了等待后,满足于平庸的幸福。他不因为主人偶尔的仁慈,而对自己奴隶的角色感到喜悦。他始终在心里为曾经的穆哈麦德留着那幢房子。这房子如今虽然凄冷、空无一人,却也不允许其他人踏入。巴克好像一个守门人,在长满青草的过道和恼人的寂寞中,忠诚地死去。

他不说"我是穆哈麦德·本·拉乌森",而是说"我那时候的名字叫穆哈麦德"。好像是在梦想着,这个被遗忘的人,有一天在奴隶的外表下能得以重生。有的时候,在深夜的寂静中,往日的记忆如同孩童圆润的歌声一样,在他心中升起。"半夜里,"我们的摩尔翻译说,"半夜里他谈起马拉喀什,他哭了。"孤独中,没有人能摆脱回忆的纠缠。另一个他,在其体内毫无征兆地慢慢伸展、觉醒。他寻找着那个倚靠着他双肋的女人,只是这片沙漠里从来没有女人走进过。他倾听着喷泉的流水声，尽管这里的喷泉滴水不吐。巴克闭上眼睛，想象着自己住在白色的房子里。每个夜晚他坐在同一颗星星下，住着棕色房子的人们追逐着风。他被一种神秘的昔日柔情填满着，好像这些情感终于靠近了属于他们的港口。于是巴克来到我身边，他想告诉我，他准备好了，他的满腔温柔也准备好了，只要能回到他自己的家，他就能将这些感情注入他爱的人心中。此时他需要的，只是我的一个点头。他微笑着对我说：

"飞机明天出发……你只需要把我藏在去达喀尔的飞机里……"

"可怜的老巴克。"

因为这里是叛乱地带，如果我真的帮助你逃亡，那么当摩尔人发现时，为了报复奴隶偷逃这一耻辱，他们会用何种手段杀害在撒哈拉的所有飞行员和军官？在各个停靠站机械师洛贝格尔、马沙尔、阿布格拉尔的帮助下，我尝试着把你从摩尔人的手里买下来。可是摩尔人很少遇上对他们的奴隶感兴趣的欧洲人，于是他们趁机敲诈。

"两万法郎。"

"你当我们是傻瓜？"

"看看他强壮的手臂……"

就这样几个月过去了。

终于,摩尔人不再奢望我开出天文数字。我写信给我的法国朋友,在他们的帮助下,我买下了老巴克。

那是一场旷日持久的谈判。沙漠里,我们围成圆形坐着,十五个摩尔人和我,一起整整谈判了八天。我的一个朋友,则·乌尔德·拉达里,他是当地的一个强盗,也是巴克主人的朋友。他暗中帮助我,说服巴克的主人。

"你就是不卖了他,他也干不了多久的活了。"这是我事先跟他商量好的说法,"他生病了,现在虽然看不出来,但是里面已经开始腐烂了。你还不如赶快把他卖给法国人。"

我事先答应另一个摩尔强盗拉吉,如果他帮我把巴克买下来,我就付给他酬劳。于是他也去游说主人:

"用卖巴克收来的钱,你可以买骆驼、枪支和子弹。然后你可以去发动突袭,跟法国人打仗,这样你就能从阿塔尔再买回来三四个新的奴隶。你还不赶快把这老家伙打发了。"

当我买下巴克以后,我把他锁在我们的木屋里整整六天。因为如果他在飞机出发前,在外面闲逛的时候再被摩尔人抓住,那他们一定会把他贩卖到更遥远的地方去。

当我将他从奴隶的身份解放出来,还给他自由的时候,那是一场重大的仪式。伊斯兰隐士、巴克的旧主人,还有朱比角的贵族伊布拉伊姆都到了场。他们三个完全可以戏弄我一番:在离城堡二十米的地方,把巴克的头砍下来。然而他们却热情地拥抱了他,签了一书正式的协议:

"现在你成了我们的儿子。"

根据法律,他也同样是我的儿子。

巴克拥抱了他的这些"父亲"。

出发之前,他在我们的木屋里,度过了一段温暖的日子。每天他都不厌其烦地要求我们,向他讲述他的简单行程:他将在阿加迪尔下飞机,然后会有人给他一张去马拉喀什的汽车票。巴克享受着这个关于"自由"的游戏,好像那些玩"探险者"的小孩——走向生命的路程,客运大巴车,他即将看见的人群、城市……

洛贝尔格代表马沙尔和阿布格拉尔来见我。为了不让巴克一到目的地就受饥饿之苦,他们让我转交给他一千法郎。有了这些钱,巴克可以安心地找一份工作。

我想起那些"行善"的老女人。她们每施舍二十法郎，就要求一张字据。洛贝尔格、马沙尔、阿布格拉尔，飞机机械师们，他们并不是在行善，更不要求任何的承认或者感激。他们不像那些渴求幸福的老女人，出于怜悯和同情而为巴克做这些，他们只是简单地想要帮助一个男人重新拾起属于他的尊严。他们和我一样非常清楚地明白，当重回故地的喜悦一旦过去，等待着巴克的唯一忠实伙伴，将是苦难。也许不出三个月，他就会在某一个地方的铁路边痛苦地拆着枕木。也许他的生活，将比在沙漠里和我们一起生活要困难得多。但是，至少他回到了属于他的家园。

"去吧，老巴克，去做一个真正的男人。"

飞机震动着。巴克最后一次弯下身来，望着朱比角。飞机前聚集着两百个摩尔人，他们想看看一个奴隶在踏入生活之门前脸上的表情。如果飞机发生问题，他们随时准备好在远处把他重新拾回来。

我带着心中的不安，向这个即将被送入人间的五十岁新生儿道别。

"再见，巴克！"

"不。"

"什么不？"

"我不叫巴克,我是穆哈麦德·本·拉乌森。"

第一个关于巴克的消息,来自阿拉伯人阿布达拉。他受我们的委托,在巴克抵达阿加迪尔以后给予协助。

汽车要晚上才出发,巴克因此有一天空闲的时间。他沉默着,在小城市里一刻不停地闲逛。阿布达拉揣测他一定是既担忧又充满了感动。

"怎么了?"

"没什么……"

沉浸在这突如其来的假期中,巴克还没有体会到他重生的意义。他感觉到一种无声的幸福,只是除了这种幸福,昨天的巴克和今日的巴克并没有什么不同。而此时的他,却和所有的人一起,平等地享受着阳光,拥有着坐在阿拉伯人葡萄架下的咖啡馆里的权利。他坐下来,给阿布达拉和他自己叫了一杯茶。这是他第一个作为自己主人的手势,而这个手势却丝毫没有让服务生感到惊讶,因为对他来说,是再熟悉不过的了。他一定想象不到,当他为巴克倒茶的时候,他正令一个男人的自由变得如此辉煌。

"我们去其他地方吧。"巴克说。

他们向着阿加迪尔高处的卡萨布走去。

柏柏尔人的舞者向他们走过来。她们对着巴克展现出的柔情，让他觉得自己即将重生：她们在不知不觉中将他迎入了生命之门。拉着他的手，她们像对待所有过路人一样，温情脉脉地给他递上一杯茶。巴克想向她们讲述自己重生的故事，她们轻笑着，为他高兴，因为他看起来幸福无比。他对她们说："我是穆哈麦德·本·拉乌森。"可是这也没让柏柏尔的女人们吃惊，因为所有的人都有属于自己的名字，即使他们来自遥远的国度……

他继续在城里闲逛。他驻足在犹太人的卖布匹的店门前，看着大海，梦想着自己现在可以行走在任何一个地方，因为他是自由的……可是这自由也令他觉得苦涩，它让他发现，自己与这个世界失去了所有关联。

一个小孩在巴克面前走过，巴克轻轻地抚摩着他的脸庞。小孩微笑着。这不是哪个主人的孩子，他也无须讨好他。这只是一个弱小的孩子，巴克给了他一个温柔的爱抚。孩子的笑唤醒了巴克，让他觉得自己在这个世界上还有些用处。他好像隐约看到了什么，于是大步往前走。

"你在找什么？"阿布达拉问他。

"没什么。"

可是当他走到街边拐角处，面对一群正在玩耍的小孩时，他停了下来。他一声不响地看着他们，然后走回犹太人的店铺，买回一大堆的东西。阿布达拉责备他：

"你个白痴，把钱浪费在这些东西上做什么！"

巴克不理睬他。他庄严地向小孩们做着手势，于是孩子们就将自己的小手伸向了那些玩具、手链和金色的尖头布鞋。当他们拿到了珍宝以后，立即像小动物一样逃得远远的。

阿加迪尔其他的孩子马上就听到了消息，向他跑来：巴克给他们穿上金布鞋。接着是阿加迪尔附近的村落，小孩们叫喊着向着这个黑色的神奔跑过来，拉着他那破旧的奴隶服，向他讨要礼物。于是，巴克用完了自己身上的每一分钱。

阿布达拉以为他是被幸福冲昏了头脑。而我却不这么认为，巴克是在用这种方式分享属于他的喜悦。

拥有自由的巴克，也同时获得了人最基本的财富：被爱的权利。他也可以向南走，向北走，到任何一个地方通过自己的劳动赚得属于他的面包。这些钱对他来说，又有什么用处呢？他此刻深深渴求的，是尝试着在自己与这个世界上其他人之间串起一根绳子。阿加迪尔跳舞的女人们对他无限地温柔，但是她们不需要他。店铺的伙计、街上过路的行人，所有人都尊敬他这个自由人，与他平等地分享着阳光，但是没有一个人真正地需要他。他的无限自由，让他无法感觉到自己在这块土地上的分量。他缺少的，是阻止他迈出脚步的、人与人之间关联的那种沉重牵绊。眼泪、告别、责怪、喜悦，在一个人做出任何动作时抚摸或者撕毁的一切，那将他与其他人连接在一起的万千关联。可是在巴克的身上，已经压着无数希望……

巴克的统治就从阿加迪尔辉煌的日落下开始。长久以来，这片清凉是他唯一期待的安慰。到了出发的时间，巴克被潮水般的小孩们围绕着向前走，好像昔日被他的羊群所包围。他就如此在这个世界上留下了他的第一个印记。明天，他将走入属于他的苦难，用他苍老的双臂承担起超过能力的养活其他人的责任。但是至少此时，他有令他自豪的分量。好像一个天使，因为身体太轻巧而无法停留在人间，总是不经意地就要飞上天空。于是他就自欺欺人地在自己的腰带上挂上沉重的铅块，好让自己从此有了扎根人世的分量。巴克艰难地向前行走着，被孩子们拉扯着，他们唯一渴望的就是他手中金色的布鞋。

七

这就是沙漠。《古兰经》在这里只是一部游戏规则，它将沙漠变成一个帝国。在荒凉的撒哈拉深处上演的，是一出充满激情的神秘的戏剧。沙漠中的生活不仅仅是部落迁徙、寻找绿色的青草，游戏也依然是它的一部分。一片被降服的沙土与其他地方的区别是多么大！对于人来说，也不是如此？面对这片正在被改变的沙漠，我想起了童年时的游戏，想起那座阴暗的公园，那里驻足着各种神灵。这个没有界限的王国对小孩们来说，是永远无法触摸到它的每一个角落、对它完全掌握的。我们在那里建立了一种封闭起来的文明，每一个脚步都有它自己的滋味，每一个细节都有属于它自己的含义，而这在其他任何文明里都是不被允许的。然而终有那么一天，小孩会长成大人，当我们用与童年不同的标准，再次审视着昔日魔幻般的冰冷又炙热的公园时，呈现在我们面前的又将是什么？如今我们又回到这里，有点绝望地停驻在栅栏外，隔着灰色石头砌成的围墙向里面望去，惊讶于它的狭小封闭。于是我们猛然间领悟到，那个曾经让人觉得永远无法琢磨透的公园，它的无尽与神秘并不在于公园本身，而来自小孩们赋予这个游戏的色彩与含义。

然而叛乱区已经不在了，再没有什么神秘和不可知了。朱比角、锡兹内罗斯、坎萨多港、哈姆拉干河、盖勒敏—塞马拉大区……所有这些我们曾朝它奔去的地方，好像被擒获了的昆虫一样，一个接一个地失去了它神秘的色彩。可是令我们追随不停的绝非美丽的幻想。每一次的发现与探索，都是真切又独一无二的。如同《一千零一夜》里的苏丹一样，他追寻着如此微妙的东西，一旦获得了他所寻找的，那些美丽的女人在黎明时，就一个接着一个的在他的怀抱里丧失了她们最初的魅力。当我们正品尝着沙漠的美妙滋味时，其他的人正在挖掘石油，寻找财富。等他们抵达的时候，一切都已经太晚了。因为棕榈树也好，贝壳的粉末也好，他们热情的绽放只持续那短短的一个小时。而我们将是那一刻唯一的见证人。

沙漠，有一天它让我走进了它的中心。1935年飞往中南半岛的旅途中，我途经埃及，在利比亚的边境陷入沙漠布下的陷阱，我当时以为自己将命丧此地。故事是这样的。

第七章

在沙漠中心

Au centre du désert

我们做的是一种凡人的工作,面对的也是平凡人的烦恼。与我们相伴的,是风、沙、星辰、黑夜和大海。我们等待黎明的到来,如同园丁期盼春天的降临。我们渴望下一个停靠站是一片安全的土地,在星云中探索着真相。

一

飞到地中海一带的时候，飞机下方云层密布。我下行到二十米处，大雨几乎要把挡风玻璃压碎，而海面则好像在冒烟。我什么都看不见，为了不撞上哪艘船的桅杆，我必须全神贯注。

我的机械师安德烈·普雷沃给我点上一支香烟。

"咖啡……"

他走到飞机后面，拿来了保温桶。我边喝着咖啡，边不时给飞机加速，让它维持两千一百的转速。我扫了一眼数据表上的资料，每根指针都在各自正确的位置上，一切都在掌握中。大海在大雨的冲淋下，散发出一股蒸汽，好像一个巨大的盛着热水的水盆。如果此时我驾驶的是水上飞机，海面的凹陷一定会令我颇为头痛。可我手里操纵的，是一架普通飞机。凹陷还是不凹陷，我都不能在水面着陆。这给了我一种荒唐的安全感。大海不是属于我的世界，在这里故障也好，危险也好，都与我没什么关系，反正我压根儿没有为大海而准备任何配备。

一个半小时的飞行以后，雨逐渐变小了。云层依然飘得很低，然而光线已经如同绽放的笑容般穿越了它。我欣赏着即将到来的好天气。我猜测着自己的头顶，此刻正游荡着一层薄薄的白棉花。我倾斜着穿过云层的纹理，避过暴雨区：现在没必要穿过它的中心了。这时，天空中露出了第一个缺口⋯⋯

在还没有看见它以前，我已经揣测到了它的存在。正对着我的海面上，一条冗长的、青葱的痕迹，好像一片明亮深厚的绿洲。它和我在摩洛哥南部，从塞内加尔起飞穿越了三千公里的沙漠以后，刺入我心中的大麦田一样，生机勃勃。我感到自己是飞入了一片有人居住的土地，心中不由得轻快起来。我转向普雷沃：

"一切正常！"

"是的，一切正常⋯⋯"

突尼斯。飞机加油时，我正在签署各种文件。当我离开办公室的时候，忽然听到某样东西落入水中的声音——"扑通"！那声音沙哑沉闷，没有回声。我突然想起来，自己曾经听到过类似的声音：一场发生在停车库的爆炸。沙哑的咳嗽声中，两个男人在事故中丧生了。我于是沿着公路寻找着。空气里有些许飞扬的灰尘，那是两辆在高速前行中撞在一起的汽车，此刻一动不动，像冰雕一样矗立着。有的人向车跑去，有的人向我们跑来：

"打电话……找医生……"

我的心揪紧着。命运在夜晚平静的光线下，不偏不倚地击中了它的目标。那美好，那智慧，那生命就此被吞噬……强盗们悄无声息地行走在沙漠里，没有人听见他们留在沙子上充满弹性的步伐。营地里有传言说，那是匪徒的突袭即将到来。然后一切又重新落入金色的寂静中，一样的平静，一样的沉默……站在我边上的一个人说，车祸里的两个人摔碎了脑壳。我对那些血腥的场面不感兴趣，于是转过身离开了公路，朝飞机走去。可是我的心里还是留下了某种威胁的印象。用不了多久，我会与刚才的声音再次相遇。当我以一百七十公里的时速飞行在黑色高原上时，我果然又听到了那声沙哑沉闷的咳嗽，它在空中等着我。

我出发向班加西飞去。

二

离天黑还有两个小时。当我飞到的黎波里的时候，我不得不摘下自己的墨镜。沙漠将眼前变成一片金黄。只有上帝才知道，这是一片多么巨大的、被黄沙覆盖的土地！我再一次感到，河流、树荫与人在此处的出现，是一个纯粹的、幸福的巧合。一大片的岩石和沙地！

从天空中望出去的一切，都给我一种奇异的感觉。我隐约觉得，夜晚的降临仿佛将我们引入一座关闭的神庙。它把你带入充满秘密的典礼仪式与深深的冥想中。所有凡间的世界都将逐渐隐去，彻底消失。这片浸润了金色光芒的风景也快要慢慢蒸发。没有什么比此刻更令我珍惜与沉醉的了。只有经历过这种无法用语言形容的飞行的人，才能了解我所说的一切。

我一点一点地舍弃了阳光，舍弃了在遇到故障时能够迎接我的宽广平原，舍弃了指引我的坐标，舍弃了天空中山峰的侧影，是它们让我避开了危险。飞机滑入黑夜，与我同在的只有满天的星辰。

这个世界的死去是在缓慢中进行着的。光线逐渐隐去，天与地混合在一起。大地如同蒸汽般上升，扩散。第一群星星好像在绿色的水中颤抖着，还要等待良久才能看见他们转变为坚硬的钻石。流星雨这种无声的游戏则通常出现在深夜。有的时候那场面如此庞大，让我觉得天空似乎是在刮着狂风。

普雷沃调试着固定灯和急救灯。我们用红色的纸张将灯泡包起来。

"再加一层……"

他又裹上一层，然后按下开关。灯光依然太明亮。它就好像摄影师冲洗照片房间里的那层光线，给外面的世界蒙上一层红色的面纱。这灯光，有的时候会摧毁黑夜脆弱的身体，让它变得一片混沌。所幸的是今天晚上空中依然悬挂着一弯新月。普雷沃走到机尾，回来的时候手里拿着一个三明治。我吃了几颗葡萄。我既不饿也不渴，感觉不到任何疲劳。我隐约觉得，自己好像已经在这种状态下不停歇地驾驶了十年了。

那弯新月也慢慢死去了。

班加西出现在黑暗中。它站立在一片绝对的黑暗中，看不到任何的光晕。我到达城市以后，才看见了它的踪影。我寻找着停机的平地，这时候红色的航路标示点亮了。灯光切开一个黑色的长方形，我操纵着飞机拐弯。一座直冲云霄的灯塔点燃了它的灯光，它追踪着停机坪，在上面画上了一条金色的路线图。我继续拐弯，观察着一切的障碍物。这个黑暗中的停靠站的一切设施，都令人赏心悦目。我减缓了速度，向着下面黑色的深潭潜了下去。

飞机降落的时候是晚上十一点。我朝着灯塔慢慢滑行。这里的军官与士兵也许是所有停靠站最殷勤的了，他们忽而出现，忽而消失，把这个黑暗的停靠点慢慢变得明亮起来。他们处理着我的各种文件，给飞机加油，我将在二十分钟以后重新起飞。

"请您起飞以后在我们上空转一个弯，否则我们无法知道起飞任务是否完成。"

上路。

我在这条金色的跑道上，慢慢飞向一个没有任何障碍的黑洞。我的飞机型号是"西姆尔"。尽管飞机在抵达起跑点前超重，但在滑到跑道尽头前，它仍然起飞了。投影机的灯光紧追着我，让我无法打弯。终于，它放弃了对我的"追击",他们应该猜到了巨大的灯光让我眼前发花,什么都看不清楚。我垂直地打了个弯。投影灯再次照到我的脸上,然后立即用它细长的金色光芒给我指路。我在对方一系列的手势中,感到一种难得的优雅与周到。现在,我掉头继续向着沙漠飞行。

巴黎、突尼斯城以及班加西的天气预报都预计会有来自后方的风,时速三十到四十公里。我预计用三百公里左右的速度,走右边的路线,对准亚历山大城和开罗之间的方向。这样我可以避开海岸线上的禁飞区,假如偏离了航线,无论是在我的左面还是右面,也都会有尼罗河山谷中那些城市的灯光给我做导航灯。如果风速没有改变的话,航行的时间将会是三小时二十分钟,如果它减弱的话,则需要三小时四十分钟。飞机开始进入一千五百平方公里的沙漠。

没有了月亮,沥青般的漆黑一直扩展到星星里。没有了光亮,我就没有了方向坐标。在抵达尼罗河前,我也收不到任何无线电站的信息。除了时不时地观察着自己的指南针和陀螺地平仪,我没有做任何事。我对什么都没兴趣,只是观察着仪器昏暗屏幕上,缓慢地呼吸着的那根细长的镭线条。当普雷沃站起来的时候,我把飞机调整到两千米高处，这个位置此时的风力对飞机的前进最有利。我也时时打开灯，看看仪器表是否一切正常。但大部分的时间，我把自己关在黑暗里，被行星们微弱的光亮包围着。它们闪烁着神秘的光芒，讲着同一种语言。我像那些天文学家一样，阅读着一本关于天空机械的书籍。我觉得自己纯净而充满书卷气。外面世界的一切都熄灭了。普雷沃在与睡意斗争了片刻后，终于也睡着了。引擎温柔的轰鸣中，面对着静谧的星辰，我品尝着属于自己的孤独。

我思考着。没有月光的指引，也没有无线电信息。看到尼罗河的灯光以前，我们与外面世界没有任何的联络。我们处在一切之外，唯一让我们悬挂在这片沥青中的，就是飞机的引擎。我们正穿越着童话中的大峡谷，任何的错误都既没有原谅也没有出路。我们把自己交给了谨慎的神灵。

一束光线从无线电表台的缝隙中渗出。我叫醒了普雷沃，让他替我把它遮起来。普雷沃在阴影中，像一只熊一样摇摇晃晃地前行着。不知道他是用纸巾还是用黑色的纸把光线遮盖起来了，这束微光就这么消失了。它如同世界的一道裂缝，不同于远处星辰的微弱苍白的光芒，那是一种舞厅里闪动的光亮。它令我双眼晕眩，忽略了空中其他的亮点。

飞行了三小时以后，我的右边闪动起一片明亮的光线。我看了看，原来是机翼末端闪烁着的灯光，在云层的照映下，折射出一束光亮。在这之前，我都没有注意到那束光。那是一片捉摸不定的光亮，一会儿闪烁着，一会儿又隐灭了：原来是我飞到了云层里，云朵反射在飞机上的光线。在接近参考坐标时，我还是希望天空能晴朗明亮些。光线在这里稳定、集中，形成粉色的光束，仿佛天空中的一束花。此时一股深厚的气流推动着飞机，我正行走在一片不知道厚度的风中。我上升到两千五百米，却依然无法穿越云层。再下降到一千米，那光束依然一动不动，越来越耀眼，黏附在飞机上。算了，还是想想其他的事情吧，它自有它消散的那一刻。尽管我非常不喜欢这小客栈一般的光线。

我计算着："飞机在这里有点摇晃，这很正常。虽然天气晴朗，一路上却仍然有气流。风并不十分平静，我的飞行速度应该超过了三百公里的时速。"仔细盘算一番后，我仍然没有具体方案，还是等从云层里出来以后再试着找自己所在的位置吧。

终于飞出了云层,光束突然熄灭了。正是它的消失,向我预示着前方的危机。我看看前方,猛然发现空中一条狭窄的峡谷处,又一处墙壁般的积云在等待我。那光束又亮了起来。

除了短短的几秒钟,我注定是再飞不出来的。三个半小时的飞行后,我开始有点担心了。因为按照事先计算的,我们应该已经离尼罗河不远了。如果运气好的话,我也许能从缝隙中看到它,只是那些缝隙太少了。此时我还不敢往下方飞,以防我的速度并不如计算的那样快。我继续在高地上方飞。

我并不是有什么具体的恐惧,只是怕无故浪费时间。于是我给了自己一个期限:最多不能超过四小时十五分的飞行。在过了这段时间以后,哪怕在没有任何风的情况下(这种可能性为零),飞机也应该已经过了尼罗河谷上空了。

当我飞到积云的边缘时,光芒闪耀得越来越迅速,然后忽然熄灭了。我不喜欢这种与黑夜中魔鬼的交流。

面前浮现出一颗绿色的星星,闪动着如一座灯塔。它到底是一颗星星还是一座灯塔?我也不喜欢这种超乎寻常的光亮,好像某种危险的邀请。

普雷沃这时候醒了过来,用他手里的照明灯照着仪表器和引擎。我把他和他手里的灯光一齐推开。我正飞在两堆积云的边缘，趁着这个空当我观察着自己的下方。普雷沃又重新睡着了。

四小时零五分钟的飞行后，普雷沃走到我身边坐了下来：

"我们应该已经到开罗了……"

"我想是的……"

"那是一颗星星，还是一座灯塔？"

也许是因为我减缓了引擎的速度，才吵醒了普雷沃。他总是对飞行中任何声响的改变都极其敏感。我开始慢慢向着下方的云层滑行。

我看了看地图，无论如何我都已经抵达了海岸，所以此刻下滑对我们来说是没有任何危险的。我继续下行，方向转为北面。这样一来，不久后我就能透过窗户看见城市的光芒。刚才的飞行也许让我错过了它们，那它们应该会出现在飞机的左侧。我飞到了积云下方，为了不让飞机被卷入左方的云朵，我再次转了方向，北偏东。

云层继续下降，遮住了我所有的视线。我不敢再降低高度，高度计上显示我处在四百的位置，但是具体有多少气压我毫无概念。普雷沃侧过身来，我对他喊："我现在往海面上飞,在海上结束下降,这样可以避免撞上什么……"

事实上,没有任何迹象可以证明,我们仍然处在预先设想的路线上,说不定我早就偏离航线飞到了海上。云层下的黑暗看起来牢不可破。我尝试着解读飞机下的一切,寻找着灯光和各种迹象。此时的我,如同一个在炉膛深处竭尽全力搜寻生命火苗的人。

"一座海上灯塔!"

最后一刻,我们才看见矗立在那里的陷阱!这是一种怎样的疯狂!好像幽灵一般的灯塔,难道是黑夜铸造了它?我和普雷沃几乎是在同时,猛然发现它就在机翼下三百米的地方,接着……

"啊!"

除了这声本能的喊叫,我当时什么都没有说。除了天崩地裂般地将我们摇晃得东倒西歪的巨大爆裂声,我失去了任何其他的感觉。飞机以两百六十公里的时速向下坠落着。

接下来的百分之一秒钟,我和普雷沃等待着那绛红色的冲天火光在我们面前爆炸。我们好像当时都并没有表现出任何的情绪。我只是平静地等待着,耀眼的火光将我们带入未知与昏迷中。然而大火和爆炸却没有出现，取而代之的，是如同地震般剧烈的晃动，它以某种不可思议的力量横扫机舱，将飞机的窗户连根拔起，钢板则被弹到几百米以外，巨大的呼啸声一直侵入我们的内脏。我们就在它的愤怒中被摇晃翻腾着，一秒钟，两秒钟……我等待着飞机在这场"地震"中，最终像一颗手榴弹一样爆炸成碎片。可是这来自地下的摇晃，却没有将这一切领入最终的爆发。我对这个过程全然不解，无论是这场"地震"，还是那仿佛没有尽头的五六秒的等待……突然，我们感觉到一种强烈的旋转，它的力量如此强大，把我们的香烟从窗口甩出，右边机翼被撞得粉碎。接下来，是一片死一般的寂静，仿佛冻结了。我对普雷沃大喊：

"快往外面跳！"

他同时喊道：

"着火了！"

我们从被粉碎的窗口跳出来，站在离飞机二十米的地方。我对普雷沃说：

"有没有受伤？"

他回答我说：

"没有！"

可是他抚摸着自己的膝盖。

"好好检查一下，您向我发誓您没有受伤，没有哪里摔坏了……"

他回答道：

"没事，只是应急泵……"

我以为用不了几秒的时间，他就会开膛破肚地倒在我的面前。可他依然完好地站在我的面前，边盯着我看边重复着：

"是应急泵！"

这个时候我心想，这疯子说不定要跳起舞来了……

当他确认飞机并没有爆炸时，普雷沃看着我，继续说：

"是应急泵刚才摔在了我的膝盖上。"

三

我们能在飞机的坠落中逃生，是一件无法解释的事情。我在手提灯的照耀下，一路寻找着飞机在地面滑过的痕迹。在离它最终停靠地两百五十米的地方，我们找到了那些被震得弯曲了的钢板和铁链。一路上，飞机都在沙子上留下了它的痕迹。第二天早上我们才看见，飞机以近乎切线的角度撞在一片沙漠高原的最高点。它并没有头朝地面地栽下，而是一路肚子贴着地面，以时速两百七十公里的速度爬到顶端。沙子上大大小小黑色的石子如同一盘弹珠散落着，也许正是它们救了我们的命。

普雷沃立即拔去了蓄电池的插头，避免短路造成的事后火灾。我背靠着引擎思考着：这一路四个小时十五分钟，我在高空经历着大约五十公里每小时的风速，它对飞机一定是起着某种作用的。但是因为半路它改变了方向，所以飞机因此而偏航到了什么位置是我完全无法估算的。唯一能计算出的，是我们此时正处在一个边长为四百公里的正方形区域中。

普雷沃坐到我身边，对我说：

"能活下来实在是太棒了……"

我没有回答他，也没有任何的喜悦。我的头脑里正被某些思绪占据着。

我让普雷沃打开他的指明灯，我自己手里也拿着探照灯往前方走去。我仔细地看着地面，绕了一个半圆，不停地变换着方向。我在地面搜寻着，好像在找一个不见了踪影的戒指。刚才我就是这样寻找生命余烬的。我弯着身体，在那灯光照出的圆圈范围里仔细观察，在黑暗中往前走着。这里……就是这里……慢慢走到飞机边，我靠着机舱坐下来。我寻找的，是一个让我有理由相信，这一切都还有希望的证据。但是我没有找到。我探求着生命迹象传递给我的某个信息，最终却一无所获。

"普雷沃，我连一株绿草都没找到……"

普雷沃不出声。我不知道他有没有明白我的意思。还是等天亮以后再谈这些吧。我觉得疲惫不堪："方圆四百公里，一片沙漠中！"突然我跳了起来，"水！"

燃油箱已经破了，蓄水箱里也滴水不剩。沙漠将它们统统吞噬了。我们在被损坏的一个保温瓶里找到剩下的半升咖啡，在另一个保温瓶里找到两百五十毫升的白葡萄酒。我们把咖啡和葡萄酒过滤了一下，然后混合在一起。还有一些葡萄和一个橙子，我计算着："沙漠里，在太阳底下步行五个小时，我们就会把所有这些都消耗完了……"

我们在机舱里等待着黎明的到来。我躺下来准备睡觉。入睡前，我总结了目前我们的处境：我们对自己所处的位置一无所知，能喝的所有饮料加起来不到一升。

如果我们目前处在直线航线上，找到我们需要八天左右的时间。这是我们所能期望的最乐观的前景，即使是八天，我们也不一定能坚持下来。如果在飞行中偏离了航线，那找到我们将需要六个月。我们不能指望搜救的飞机，因为他们最多在方圆三千公里内进行搜索。

"真遗憾……"普雷沃对我说。

"为什么？"

"还不如一下子死了干脆！……"

我们不能如此轻易地放弃。我和普雷沃打起精神。即使通过飞机被救起的机会非常小，我们还是不能放弃。也不能滞留在原地，错过了周围某一个也许存在着的绿洲。我们决定今天先出发步行一天，打探完再回到飞机坠毁的地方。在离开飞机前，我们在沙子上写下了行程计划。

于是我蜷缩成一团，准备这样睡到黎明。此时能睡觉让我觉得很幸福。疲劳好像一条毛毯一样盖在我身上。我并不是只身一人在这片沙漠中。半睡半醒中，记忆与温柔的耳语陪伴着我。暂时我还不觉得口渴，一切都好。我像投入历险一样投入睡眠中，现实立即在梦境里消失了踪影……

然而当黎明来临时，一切都不同了！

四

我曾经非常热爱撒哈拉。我在抵抗区独自度过了几个夜晚。当我在金色的沙海里醒来时,风将沙漠吹动得如同大海般浪花迭起。那时候我睡在机翼下,等待着有人来营救我们。然而今天的情形与当时显然是没法比的。

我们向着弯曲的山坡走去。地面上的沙子被一层黑色闪亮的石子覆盖,好像钢铁做成的鱼鳞,而包围着我们的沙丘闪烁着盔甲般的光亮。我们落入了一个金属的世界,四面包围着的,是钢铁般的风景。

越过了第一座山头以后,紧接着又一座闪亮的黑色山头在等着我们。我们一边走一边刮着脚上的尘土,好留下一串记号让我们沿着它返回。我们面朝着太阳前进。与所有逻辑背道而驰,我决定朝东走,因为所有的迹象,天气预报、飞行时间都令我相信,我们已经穿过了尼罗河。但在短暂地尝试着向西走一段路后,我感觉到一种难以解释的不自在。于是我把向西的打算留到明天再说。我同时也牺牲了向北行进的这个可能,尽管北面应该能把我们带到大海边。三天以后,当我们在半疯狂的状态下,决定扔下飞机不顾,一路一直走,直到我们倒下。

我们依然选择朝东走，更确切地说，是东北方向。这看起来是一个与所有的理智与希望背道而驰的决定。而在得救以后我们才知道，事实上任何其他方向都将把我们带入死路。即使是朝北一路走，我们也会活活累死，不可能抵达海边。如今我再想起这一切（虽然它看起来非常荒唐），在当时没有任何方向指示的情况下，我选择往东走的唯一理由，是因为那是纪尧姆当时在安第斯山脉被困时选择的路线方向。在思绪混乱中，它好像在向我暗示着，那将是迈向生命的方向。

走了五个小时以后，四周的风景发生了变化。我们正在行走的山谷中，似乎有一条沙河在流淌着。我们大步前进着。如果今天这一路上没有任何发现的话，就必须赶在天黑前回到飞机坠毁的地方。忽然我停了下来：

"普雷沃。"

"怎么了？"

"那些记号……"

从哪里开始我们忘记做记号了？如果找不到来时的脚印，那就是死路一条。

我们立即转身，向右边走。走了一段路以后，垂直地转回至最初的方向，然后重新找到了刚才留下的脚印。

脚印一补上，我和普雷沃就再次出发。随着上升的热气，空气中出现了幻景。可暂时还只是一些普通平常的幻景。巨大的湖泊出现在眼前，可是当你一走近，它又立即消失了。我们决定穿过沙谷，到达最顶端以便观察地平线。六个小时的行走，我们应该已经前进了三十五公里的距离。走到这黑色的山脊时，我们无声地坐下了。脚下的沙谷连接的，是一片连石子都没有的、白色光线照得人眼睛疼的沙漠。远处望过去什么都没有。然而在地平线的地方，光线组成了开始令人迷惑的幻景，城堡和塔楼，几何形状的建筑和笔直的曲线一一呈现在眼前。我看到一片好像是植被的巨大黑色点状物，它的上方有一团云朵，在白天消散，到了夜晚会再次重生。那黑色点状物正是云朵的影子。

再往前走是没有任何意义的。我们得回到自己的飞机旁，等待伙伴们发现沙漠中红白相间的标识。虽然我对此报极小的希望，但它是目前让我们获救的唯一可能。况且我们把最后那点剩下的可以喝的液体留在了飞机上，而此刻最需要的，就是喝水。为了活命，我们非回到飞机边不可。我们是被束缚在某个铁圈中的囚犯，这个铁圈就是我们总是需要喝水的。

当你正朝着一条也许能带给你生的机会的道路前进的时候，掉头往回走是一件多么困难的事情！在层层幻境之外，地平线的另一端，也许林立着城市，流淌着清水，铺展着草原。我知道，此时掉头是正确的选择，可是我依然觉得，自己正一步步地陷入沙漠的黑暗中。

我们睡在飞机的边上。这一天我们步行了六十多公里，喝完了所有剩下的饮料。一路向东的行走没有让我们发现任何的绿洲与生命的迹象，也没有任何搜救的飞机出现在这一带。我们还能坚持多久？我们已经干渴难忍……

我和普雷沃将机翼的残骸、铁皮堆积在一起，准备好汽油，当夜幕降临时，点燃了属于我们的火堆。可是，人群在哪里？

火苗慢慢地升起。带着一种近乎宗教的情绪，我们看着飞机的信号灯在沙漠中燃烧着。它向黑夜传递着无声却又耀眼的信息。那是一种近乎病态的呼唤，可它又同时充满了爱意。我们在企求水源，我们又同时在寻找与人的交流。我多么希望此时沙漠中有其他的火焰燃起，因为只有人才拥有火，那是一种他们回答我们的方式！

我重新看见了我太太的眼睛。只有她的眼睛始终出现在我眼前，它们在询问着。我重新看见了那些关心我的其他人的眼睛。它们聚集在一起，责怪着我的沉默无声。然而我却在回答着他们！我用尽自己所有的能力在回答！我向黑色的夜空中，抛出最耀眼的火苗！

我做了自己能做的，我们做了我们能做的：在几乎滴水未进的情况下，步行六十公里。从现在开始，我们将再没有任何东西可以喝。如果这一切无法维持更长的时间，那将会是我们的过错吗？我们也希望，安安静静地等待着，吮吸着水壶里的液体。可是当我闻到瓶底的化锡味时，时钟就开始倒计时了。当我吞下最后一滴液体的那一刻，我就沿着陡坡开始下滑了。普雷沃哭泣着。我拍拍他的肩膀，安慰着他：

"你知道，如果我们真的要完蛋了，那也只能认命了。"

他回答道：

"您以为我是在为我自己哭吗……"

当然，我早就已经知道这一点。这世界上没有任何的事情，是真的让人无法忍受的。明天，后天，我将一点点地发现，没什么是无法忍受的。我从来没有真正相信过受刑、折磨的存在。有一次我被关闭在驾驶室里，差点活活淹死,可我并没有觉得痛苦得不行。有一次飞机从天上像一块石头一样掉下来,我也没觉得是多么吓人的事情。同样,在这里,我也并不会感到担忧。明天我将要面对的,将是比这些都要更奇特诡异的局面。也只有上帝才知道,尽管我燃起了熊熊大火,也许我将最终放弃有人听见我们呼唤的希望……

"如果您以为我是在为我自己哭……"是的,这就是不可忍受的事情。每一次当我看见那些正在等待着我的眼睛,就觉得自己好像被火烧着了一样。顿时我有一种抛下眼前一切,大步向着一个方向跑去的冲动。远方有人在喊"救命",那里正上演着一场撕心裂肺的灾难!

这真是一种奇特的角色颠倒,然而它也一直在我的意料之中。可我仍然需要普雷沃在场,让我对这一点更加确信。他和我一样,在这即将到来的死亡面前,并没有感觉到过多的焦虑与担忧。对我们来说无法忍受的,是另一种东西。

我希望自己能沉沉入睡,一个晚上或者几个世纪。只要睡着了,外面的一切对我而言,就没有意义了。那是一种怎样的静谧!可是我们正在传递的呼喊,这绝望的熊熊烈火……我无法忍受这些画面。我无法将手臂交叉在胸前，静静地看着正在发生的灾难。每一秒的沉默都在毁灭着我所热爱的一切。一股火一般的愤怒在我的身体里流动：为什么有那么多的锁链捆着我们，让我们没有按照预期计划抵达目的地，去救援陷入黑暗中的人？为什么面前的熊熊烈焰没有将我们的呼喊带到世界的另一端？耐心！……我们马上就到！……我们马上就到！……我们是你们的拯救者！

这火焰正在熄灭。我们把身体倾向烟灰，试图温暖自己。明亮的信息已经燃烧完毕，它是否正行走在属于它的轨道上，然后抵达它的目的地？其实我知道，这一切都是徒劳的，如同一场没有人会听见的祈祷。

很好。现在我准备睡觉。

五

天亮以后，我们用一块抹布盛起了残留在机翼上的一点露水，那露水里混合着汽油和机翼上的油漆。味道虽然令人作呕，我们却还是把它喝了下去，至少它可以湿润我们的嘴唇。在这顿美餐之后，普雷沃对我说：

"幸好我们还有左轮手枪。"

猛然间，我变得充满了攻击性，带着一种敌对的恶意转向他。此刻没有什么能比情感的流露，更令我仇恨的了。我迫切需要让自己觉得，一切都是简单明了的。出生是简单的，成长是简单的，活活渴死也是简单的。

我斜着眼观察着普雷沃。如果能让他闭嘴的话，我不惜揍他一顿。而他却无比平静地向我讲述着，关于如何"卫生"地死去这个问题。他谈论这个话题的方式，好像是在说"吃饭前必须洗手一样"，轻描淡写，没有任何悲剧色彩。其实我们的观点一致。我昨天在瞥见装手枪的皮套子时，已经想到了这些。我的这些想法是出于理智而非感情用事。人只有在社会环境下才会任由夸张的情感流露，而此时的我们早已不再是社会人。我们无法承受自己所应该担负的责任，手枪却有承担一切的能力。

依然没有人来搜救我们，或者更确切地说，他们可能在其他什么地方寻找着飞机的踪影。很有可能是在阿拉伯半岛。在明天以前，在我们丢弃自己的飞机以前，我们没有听见任何其他飞机的声音。就是有飞机出现，在那么远的远方，也跟我们没什么关系。我们只是散落在茫茫沙漠中的几个黑点，与其他很多的黑点混合在一起，指望被看见根本是不可能的。没有人能够想象这局面是怎样的一种受刑般的折磨。不过真的到了最后一刻，我一定连受刑都不需要了……搜救人员一定是跑到另一个星球去了。

沙漠中三千公里的范围，要找到一架坠落的飞机，得花上十五天，而且搜救人员很有可能是在的黎波里和伊朗之间寻找我们的踪影。然而，今天我仍抱持着这个渺小的希望，因为除了这种可能性，我们再无其他生路。于是我决定改变策略。我独自出发去侦察周围的情况，普雷沃留守原地，点上火，期待也许会有搜救人员的出现。事实上，我们等的人从来也没现身过。

我出发的时候，连自己有没有返回的力气都不知道。此时我的脑海中浮起了关于利比亚沙漠的种种。在撒哈拉地区沙漠里有百分之四十左右的湿度，而到了这里，只剩下了百分之十八。生命在这里，像水蒸气一样蒸发消失。贝都因人、旅行家、殖民军官，根据所有这些人的经验传说，在利比亚的沙漠里，在没有水的条件下，你可以支撑十九个小时。二十个小时以后，你的眼睛里将充满了不知来自何方的光芒，那说明生命的尽头已经到来了。渴死的过程是迅速且令人恐惧的。

这阵在飞行中欺骗了我们的东北风，出乎所有意料，将我们滞留在这块平原，延长了我们的生命。在第一丝光明到来之前，这种延长又将持续多久？

我依然决定独自出发。尽管这看起来好像是驾着木舟，投入汹涌的大海中。

黎明的出现，让这片布景显得少了些阴沉黯淡。我双手插在口袋里，像一个盗猎人一般地行走着。昨天晚上我们向周围几个神秘的沙坑投进去猎人用来引诱猎物的绳索，这个行动好像唤醒了我身上关于偷猎者的所有好奇。于是我一一检查了我们准备好的陷阱，它们是空的。

看来动物的血我是喝不到了。说实话，我也不想喝。

虽然空手而归，我却无法抑制自己探索这些洞穴的欲望。生活在沙漠里的动物，它们靠什么活命？在洞穴里栖身的，应该是些沙漠狐狸。它们的体形和兔子差不多大，头上长着巨大的耳朵。我被一种强烈的欲望驱使着，追踪着它们的足迹。这些足迹把我带到一条狭窄的沙河边。我欣赏着眼前精巧的脚印，三个脚指头组成的扇形的印记。我想象着我的这位好朋友在黎明时疾奔着，然后来到石头边舔着上面的露水。脚印之间的距离在这里变得宽阔了起来：我的沙漠狐狸一定是跑了起来。这一片是它与同伴并肩驰骋的足迹。我带着一种奇怪的喜悦,走入这场清晨的散步。我喜欢这些生命的迹象,它几乎让我忘记了此时我有多么的干渴……

终于,我走进了狐狸们用来储藏食物的"房间"。沙粒下每一百米,就有一株微小的、如碗口般大的灌木,它的树枝上堆积着金色的小蜗牛。狐狸每天清晨都来这里找吃的。而此时我所面对的,正是这罕见的属于自然的秘密。

狐狸并不在每一株灌木前停下来。有的灌木上虽然堆满了蜗牛,它却不屑一顾。它似乎充满了警觉性,围着灌木绕了几圈,时不时停下来吞下两三个蜗牛,然后又立即再换一家餐厅。

难道它是故意不让自己一下子吃饱,为了让这场清晨的散步能持续得长久些?我想应该不是。这不经意的游戏,看上去更像是一种刻意的战术技巧。如果它在第一株灌木前立即将自己的肚子填饱,那么只需要两三餐的时间,它就把这些活的"储藏室"消灭干净了,随后它将渐渐失去食物的来源。于是它不仅每一餐都在不同的树丛上取得食物,还从来不吃那些并排长在一根树枝上的蜗牛。它似乎对自己所面临的危险是有意识的。如果它在同一个地方捕获太多蜗牛,那么用不了多久就什么都剩不下了。没有了蜗牛,也就没有了狐狸。

它的脚印把我带到它的洞穴边。此刻它也许正竖着耳朵,惊慌失措地倾听着我的脚步。我对它说:"我的小狐狸,我就快死了。奇怪的是,这并不妨碍我对你的一切充满了好奇……"

我站在那里冥想着。一个人假如知道他三十年以后会死掉,这也不会妨碍他眼前的快乐。三十年,还是三天,一切都只是一个角度的问题……

我所需要的,只是忘记生命中的某些画面……

我继续向前走,因为极度的疲劳,身体正在发生着某些变化。即使我眼前并没有幻景,我也不停地自己创造着……

"哦!嘿!"

我举起手臂大喊。可是这个对我做着手势的男人,不过是一块黑色的岩石。沙漠中的一切好像顿时活跃了起来。我想叫醒这个正在睡觉的贝都因人,可是他却变成了一根黑色的树干。变成树干?我吃惊无比地把身体弯向它,我试图举起一株裂开的树枝,可它居然又变成一块石头！我重新站起来，望着自己的周围，好多好多黑色的石头。地面上栖息着一片远古时期的森林，散落着破碎的树枝。百万年的狂风劲吹下，它像一座教堂一样倒塌下来。巨大的如同钢铁般的树枝滚到我面前，它们面皮褶皱，呈墨黑色。我能看清楚树枝上的枝节，细数着上面一圈一圈的年轮。这片曾经充满了小鸟和音乐的树林，在某种未知力量的诅咒下，变成今日一幅阴森敌对的风景。它比黑色的丘陵更冷漠，将我远远阻隔在外。我一个活着的人，在这片永远不会腐蚀的岩石间做什么？我一个肉身终有一天会腐烂的人，在这片永恒中做什么？

从昨天到现在，我已经走了八十公里的路了。也许是因为口渴缺水，才让我眼前幻觉重生。或者是因为太阳，它照得树干上好像裹上了一层油，它照得好像万物都带着一层盔甲。这里既没有沙子，也没有狐狸，只有一个巨大的铁砧，而我正行走在上面。我感觉太阳正抓着我的脑袋。哦，看那里……

"哦！嘿！"

"那里什么都没有，别激动，这一切都是幻觉。"

我就这样自己和自己说话，因为此刻的我需要理智的引领。这个时候要拒绝眼睛看到的，是很困难的事情。不向面前的嘉年华般的狂欢飞奔而去，显得越发困难……就在那儿……你看啊！

"白痴，你明明知道这些都是你自己幻想出来的……"

"这个世界上没什么是真实存在的……"

没有什么是真实的，除了几公里外的山坡上的那个十字架。一个十字架，或者一座灯塔……

但是这并不是向海边走去的方向，所以那应该是一个十字架。我花了整整一个晚上研究地图，到头来却完全没有用处，因为我对自己目前身处何方没有任何概念。无论如何，任何向我指示着也许有人存在的地方，我都不应该忽略。我发现一个小小的圆圈上，竖着一个十字架。于是我查阅着图例："那说不定是个宗教建筑。"十字架边上我看见一个黑点，于是我继续看图例："一口永恒的井。"我的心好像被雷电击中了一样。"一口，一口永远不会干涸的井！"阿里巴巴和他的宝藏比得上这么一口井吗？再远一点的地方，两个白色的圆圈。图例上说，那不是世代都能流淌出清泉的井，于是它立即就显得不那么美好了。然后，在这些圆圈的周围，就什么都没有了，一切都不存在。

看，我的宗教建筑！教士们在山上竖起一个十字架，用来召唤遇难的人们！我只需要走到它边上，走到这些多明我会教士的身边……

"可是利比亚只有科普特的修道院。"

"……走到多明我会教士的身边！这些教士拥有一个美好明亮的厨房，地面铺着红色的方砖。院子里一个有点生锈的水泵。在水泵下的，你们都猜得到，就是那口世世代代吐着清泉的井！啊！当我敲响他们的门的时候，当门口的钟声响起的时候，那将是一场盛宴……"

"白痴，你刚才描绘的画面，是普罗旺斯的房子，那里才没有什么钟。"

"……当我敲响修道院的钟声时，看门的人会举起手臂朝我喊：'您是上帝派来的！'然后他叫来了所有的修士，他们欢快地冲我奔来，拉扯着把我领到厨房，对我说：'等一下，等一下孩子，我们去井里取水……'"

"而我，因为喜悦而颤抖着……"

我并不会因此哭泣。因为我发现，山丘上最终并不存在那个十字架。

西方的承诺只是一派谎言。我掉头往北去。

北面至少有大海的歌声。

跨过这座山头,地平线展现在眼前。哦,这是世界上最美丽的城市。

"你知道这一切都只是幻觉……"

我知道这一切都是幻觉,它无法欺骗我!可是,假如一脚踏入这幻想中,反而让我高兴呢?假如虚假的希望能安慰我此时正在崩溃的神经呢?假如我偏偏喜欢健步如飞地向它走去,因为我将感觉不到疲倦,幸福的情感油然而生……让普雷沃和他的左轮手枪滚到一边去吧!我喜欢这种轻飘飘的醉意。我沉醉其中。我渴得即将死去!

黄昏的到来让我立即清醒了。我突然停下脚步,怕自己已经走得太远了。黄昏一降临,幻景立即消失了。地平线处的水泵、宫殿、僧袍全无了踪影。取而代之的,是无边的沙漠。

"你走得太远了!黑夜将笼罩一切,你必须等明天天亮再走。但明天你留下的踪迹将统统消失,你将不知道身处何方。"

"那不如继续往前走……为什么要再一次掉头回去?

我也许刚刚打开了一扇门，它将带着我走到海边……"

"你在哪里看见海的踪影了？你永远也到不了，说不定从这里到海边有整整三百公里的距离。普雷沃还在飞机旁边等着，说不定有一队沙漠旅行者路过飞机坠落的地方……"

我得回去，但是我得先试试看，看这附近有没有人：

"哦！嘿！"

上帝，这个星球上难道一个人都没有……

"哦！嘿！人呢！……"

我的嗓子喊哑了，发不出声音了，我觉得自己真可笑……再尝试最后一次：

"有没有人！"

这喊声夸张而傲慢。

我掉头往回走。

两小时以后，我远远地看见了普雷沃点起的火。他一定以为我迷路了，于是害怕地点起冲向天空的篝火……我对他的反应已经无所谓了……

还有一个小时的路程……还有一百五十米。还有一百米……五十米。

"啊!"

我惊愕无比地停下来。一种狂喜占领了我的全身。被火光照亮脸庞的普雷沃,正和两个靠在引擎上的阿拉伯人在聊天。他沉浸在如此巨大的喜悦中,以至于都没有看见我的到来。哦,如果我和他一起在这里等待着……那我就已经得救了!我高兴得大喊:

"哦!嘿!"

那两个贝都因人吓得跳了起来,睁大双眼瞪着我。普雷沃从他们身边走过,来到我跟前。我张开双臂,他却拉着我的手臂,难道是怕我摔倒?我对他说:

"终于等到了。"

"什么等到了?"

"阿拉伯人!"

"什么阿拉伯人?"

"站在您边上的阿拉伯人,那里!……"

普雷沃滑稽地看着我,好像很不情愿地向我诉说着一个沉重的秘密:

"这里没有什么阿拉伯人……"

这一次,也许我是真的要哭了。

六

我们已经在沙漠里滴水不入地过了十九个小时。从昨天晚上开始,我喝过什么东西吗?只有昨天清晨那几滴露水!东北风仍然主导着气流,也暂时减缓了我们蒸发的速度。东北风向有利于高空云层的构建,如果它能飘到我们头上,如果它能落下几滴雨!可是沙漠里是从来不下雨的。

"普雷沃,我们从降落伞上裁剪些三角形下来,然后用石头把它们固定在地上。如果今天晚上风向没有变化的话,明天清晨降落伞的布料上应该能收到不少露水。我们只需要用力挤布料,就能让露水存放在燃油箱里。"

我们在星空下并排放了六个白色壁板。普雷沃拆下一个汽油储藏箱。剩下的,就只有等待黎明的到来了。

飞机的残骸中,普雷沃居然奇迹般地发现了一个橙子。我们两个把橙子一分为二,一人一半。这小小的半个橙子令我既感慨又震惊,虽然与我们此时真正需要的——二十公升水相比,它实在算不了什么。

躺在篝火边,我打量着这个被火焰照亮的水果,我对自己说:"人类不知道一个橙子究竟有什么意义……虽然此刻我已经被判了刑,但它无法破坏我拿着这半个橙子时的喜悦。此刻这个小小的水果带给我的快乐,也许是我人生中最巨大、最震撼的……"我背靠着沙地,吮吸着手中的果子,仰望着天空中的流星。那一分钟的幸福是永恒的。我接着对自己说,"我们生活在其中的这个世界,在你没有被囚禁在其中前,你永远也无法明白它真正的含义。"我到今天、到此时此刻才明白,一根香烟、一杯朗姆酒对一个囚犯意味着什么。这原本对他也许渺小普通的一切,如今他都充满愉悦地享受着。想象一下这个囚犯微笑着喝着他的朗姆酒。他微笑,是因为他改变了看待这个世界的角度,在生命的最后一刻,品味着最平凡的人的快乐。

清晨时,储油箱里汇集了大量的露水,有将近两升!我们将与干渴告别!我们被拯救了!

我从油箱里盛出一杯水。那水的颜色是一种美丽的黄绿色。尽管我渴得快死掉,然而第一口,可怕的混合着金属的味道,还是让我屏住了呼吸。哪怕是泥浆水这个时候我都会喝下去,但是这股有毒的、带着浓重金属味道的液体,扼杀了我喝水的欲望。

我看着普雷沃的眼睛在地上打转,好像是在寻找什么东西。突然他弯下身来,大口大口地呕吐着。三十秒以后,轮到了我。我跪在地上,双手深陷在沙子里,吐得翻江倒海。我们一句话都没说,整整十五分钟,我觉得自己的胆汁都快吐光了。

十五分钟以后,我停止了呕吐,只隐隐约约地觉得一阵恶心。最后的希望也落空了。我不知道是因为降落伞上的涂料,还是停机库里的四氯化碳侵入了油箱,我们必须用其他的容器或者布料来蓄水。

那么,就赶快吧!天已经亮了!我们得迅速地赶路,逃离这片被诅咒的平原,大步往前面走,一直到倒下为止。我必须像纪尧姆在安第斯山脉时一样不停地走,从昨天开始我一直想到他。我将不再遵守航空公司的命令——失事以后留在飞机附近不动。没有人会来这里营救我们。

我们再一次发现,其实遇难的不是我们。遇难的,是此刻正在等待我们的人们!是那些被我们的沉默失踪而威胁着的人。他们已经被某种可怕的错误,撕扯得遍体鳞伤。我们不能不向着他们奔去。正如纪尧姆从安第斯山脉返回以后对我说的一样,他当时是向着他们走过来的!这应该是一个普世的真理。

"如果我是只身一人活在这世界上,我就躺下不再继续前进了。"普雷沃对我说。

我们向着东北方向大步前行。如果飞机在坠落前已经越过了尼罗河,那么每一步,都将把我们带入阿拉伯半岛沙漠的中心。

这一天的事我已经不太记得了。我只记得自己被一种匆忙又迫切的情绪占领着。那种不知究竟为了什么的匆忙,也许是为了即将到来的气竭倒下。我还记得自己边走边看着脚下,幻境让我恶心不已。我们时不时地通过指南针纠正着自己的方向,也时不时躺下来喘口气。我还扔掉了自己为夜晚留着的橡胶雨鞋。其他我什么印象都没有了。我的记忆只有在夜晚的清凉中,才变得清晰有逻辑。我和地上的沙子一样,正在被慢慢地抹去所有的痕迹。

我们决定在太阳落山时,停下来安营驻扎。我心里清楚,其实我们应该继续赶路,因为如果再找不到水源的话,也许今天晚上我们就会送了命。但是我们带上了降落伞的帆布布片,如果这次没有涂料的污染,也许明天早上能喝上露水。我们要在星空下再次摆下收集露水的"陷阱"。

可是,北方虽然依旧云层清晰,风的味道却改变了,风向也发生了改变。沙漠里上扬的热风开始抚摩我们的身体。那是野兽苏醒的迹象！我能感觉到，它正舔舐着我们的双手和脸庞。

可是要继续赶路，我连十公里都已经走不到了。三天没有喝水，我已经走了整整一百八十公里……

但是，就在我们停下时，普雷沃突然打断了我的思绪：

"我发誓，那是一个湖泊。"他对我说。

"您是疯了还是怎么了？"

"现在这个时候，黄昏下，它不可能是一个幻景吧？"

我没有回答。我已经不再相信自己的眼睛了。它也许不是一个幻景，而是我们疯狂的产物。普雷沃怎么可能相信这是一个湖？

但是他固执己见：

"只有二十分钟的路程，我走过去看看……"

他的顽固刺激着我的神经：

"去吧，去吧，去呼吸点新鲜空气……对身体会非常有好处！您的湖泊，就算它真的存在，它也一定是咸的。就算它不是咸的，它也只属于魔鬼。等走到它面前，您就会发现眼前什么都不存在！"

普雷沃两眼直瞪瞪地望着前方，走远了。我了解这种致命的吸引力！"就像那些夜游者一头扎进火车底下一样。"我知道普雷沃是不会再回来的。那种空荡的晕眩将吞噬他，让他再没有力气掉头。他将在远处倒下。我们各自死在各自的角落里。这所有的一切，对我都再没有意义！……

对眼前局面的无所谓，让我觉得这不是一个好的征兆。我觉得自己的一半好像已经被淹死了，却平静得出奇。于是我肚子贴着岩石，趁机写下了一封遗书。这份遗书文辞优雅，给活着的人留下各种智慧的建议。我带着虚荣的快感重新读着它，哪天有人发现它时一定会说："多么优美的遗书，可惜他就这么死了！"

我也想知道，自己现在究竟处在哪个阶段。我尝试着吐口水，我有多久没吐口水了？我已经没有口水了。如果我闭上嘴巴，一种黏稠的物体会将嘴唇封起来。它慢慢在上面干涸，然后形成一个坚硬的条状物。我倒还能够继续咽动喉咙，眼前也没有冒星光。我知道当自己眼前开始出现耀眼的各种精彩表演时，那就说明我只剩下两个小时的时间。

天黑了，月亮从昨天晚上开始，变得比平时圆胖。

普雷沃没有回来。我躺在地上，思考着这所有的一切。一种似曾相识的感觉侵蚀着我的心智，我尝试着给它一个定义。我想……我想……那是一种出发起航的感觉！我正出发去南美洲，四肢伸展地躺在甲板上。船上的桅杆在闪亮的星光下，被风吹动得慢慢摇晃着。虽然这里没有桅杆，我却还是向着一个未知的目的地远航了。这旅途中我什么都不需要做，那些贩卖黑人的人贩子将我扔在船上，任我而去。

我想到再也不会回来的普雷沃。一路上我没有听见他抱怨，一次都没有。这很好。最让人无法忍受的，就是抱怨与呻吟。普雷沃是个男人。

啊！离我五百米的地方，他的灯光在晃动！他一定是迷路了，在向我示意让我给他指路！可我没有手提灯，没办法回答他。于是我站起来大喊，可他听不见……

另一处灯光在距离他两百米的地方亮起，接着是第三个。上帝，他们是来找我的！

我大喊：

"哦，嘿！"

没人听见我的声音。

可是那三盏灯却继续着他们的搜寻。

这天晚上我没有疯。我觉得自己一切正常，我很平静。于是我仔细看前方，五百米外的确有三盏灯。

"哦！嘿！"

他们还是听不见。

我突然变得惊慌失措，这是我仅有的一次惊慌。啊！我狂奔起来："等等，等一下……"他们会掉头走掉的！他们会越走越远，去其他地方搜索，而我会就此摔倒在生命的门槛前，就在他张开双臂准备迎接我的时候……

"哦！嘿！"

"哦！嘿！"

他们听见我的喊声了。我喘不过气，喘不过气，可我没有停下脚步。我往声音传来的地方跑："哦，嘿！"然后我看见了普雷沃，我跌了下来。

"我刚才看见很多灯光！……"

"什么灯光？"

是的，面前只有普雷沃一个人。

这一次我并没有感到绝望，而是一种沉闷的愤怒。

"您的湖泊呢？"

"我越是往前走，它离我越是远。我朝着它不停地走了半个小时，觉得它实在是太远了，所以就回来了。但是我肯定那是一个湖泊……"

"您是疯了,彻底的疯了!您为什么这么干?……为什么?"

他到底做了什么?他又为了什么才这么做?我愤怒地抽泣着,却不知道自己究竟为什么而愤怒。普雷沃用一种哽咽的嗓音向我解释着:

"我实在太想找到可以喝的水了……您的嘴唇怎么这么白!"

啊!我的愤怒像雪一样地融化了……我用手支撑着自己的额头,觉得好像从梦里醒了过来。我顿时忧伤无比,慢慢对他说:

"我和您一样,清楚地看见前面三处灯光……我真的看见了,绝对不可能有错,那三盏灯,我看见它们了,普雷沃!"

他沉默了片刻后说:

"这一切都糟透了,是不是?"

这片没有水蒸气的大气下,大地很快就又明亮了起来。空气非常寒冷。我从地上爬起来,行走着。没过多久,我无法控制地浑身颤抖起来。我身体里正在脱水的血液，已经无法畅通地流动，刺骨的寒冷渗入体内，那不仅仅是夜晚的寒冷。我的双颌不停地打战，身体也像树叶一样晃动起来。我的手抖得那么厉害，我已经没办法用照明灯了。我从来不是一个对寒冷特别敏感的人，此时却觉得自己即将冻死。人的身体在缺水时的反应，是多么的奇怪！

我早就将自己的塑胶雨鞋丢弃在某个角落，因为白天的炎热让我实在不愿意再带着它四处行走。风越刮越猛。沙漠是一片没有避风港的荒野，它光滑如大理石，让你白天找不到树荫，夜晚赤裸裸地面对大风。没有一棵树、一片树篱、一块石头，能让你栖息片刻。风追赶着我，像是一队英勇的骑兵。我不停地转圈，企图躲开这一切。我先是躺下，可用不了多久，我又不得不站起来。躺着或者站着，我都无法逃开寒冷的鞭打。我没有奔跑的力气了，我无法逃开追赶我的凶手，我双腿陷入沙堆中，手托着脑袋。

片刻后我意识到，我居然站起来了，我居然还在一边打着战一边往前走。我在哪里？啊！我应该是刚刚走远，那是普雷沃的喊声，是他唤醒了我……

我重新走回他的身边，全身依然在颤抖着。我对自己说:"这不是寒冷,而是……而是生命走到尽头的征兆。"我已经严重脱水了。昨天还有前天,我都在不停地行走。

在寒冷中死去是一件让我痛苦的事情。我比较喜欢那些幻景,十字架,阿拉伯人,远处的灯光。它们对我要有吸引力得多。我不想像一个奴隶一样被鞭打……

我又再次膝盖朝地跪了下来。

我们身上带有少量的药品,一百克的乙醚、一百克的九十号酒精和一瓶碘酒。我试着喝两口乙醚,好像是在往肚子里吞刀片。然后又吞下了些九十号酒精,它让我喉咙紧闭。

我在沙子里挖了一个坑,睡进去,在身上盖上沙子,只有脸露在外面。普雷沃在地上找到了些细小的树枝,用它们点起了火,可是很快就熄灭了。他不肯把自己也像我一样用沙子埋起来,而是不停地打着转。他真傻。

我的喉咙依然收紧着,这虽然不是一个好征兆,我却觉得自己比刚才舒服了很多。我觉得很平静,一种丢弃了所有希望的平静。不由自主地,我还是在星空下,随着那艘贩奴的轮船远航去了。但我并不觉得自己很不幸……

只要不移动自己的肌肉,我就已经不再觉得冷了。我渐渐地忘记了埋在沙子里的身体。我不再动弹,这样我就感受不到痛苦。真的，经历的痛苦并不算多……在所有这些痛楚后面，有多少疲倦与幻觉。它们变成各种画面，残忍的童话……刚才追赶我的风，为了逃避它，我像一只野兽一样地打着转。然后我觉得自己呼吸困难，胸口被一个膝盖挤压着。我挣扎着推开天使压在我身上的力量。沙漠里你永远别想独处。现在我已经不再相信周围的一切，我安静地躺进自己的内心，闭上眼睛不再动弹。所有那些如同河流般流淌着的画面，正牵引着我，走向一个安静的梦：河流在汇入大海那一刻，刹那间，天地万物都变得平静了。

永别了，我爱的人们。我的身体无法抵挡三天的干涸，那不是我的错。我从来不知道，自己会成为泉水的囚犯；从未想过，离开了它我的独立会变得如此短暂。我们总是以为人可以不断向前，我们总以为人是自由的……我们忽视了将我们与井连接在一起的绳索，好像一根脐带一样，将我们与大地之腹相连，无法割断。只要多走一步，就会死去。

除了你们的痛楚，我再无其他的遗憾。无论如何，我所经历过的，是一场美好的人生。如果我能活着回去，我一定会再来一次。我需要生活，而城市里已经没有人的生活了。

此事并非关乎飞行。飞机并不是一个终点，只是一种手段。我们不是为了飞机本身，一次又一次地冒着生命的危险。好像农民们不是为了手中的犁才耕作一样。飞机让我们离开了城市与城市的种种抽象，飞到未知的陌生土地上，探寻着关于农民与土地的真相。

我们做的是一种凡人的工作，面对的也是平凡人的烦恼。与我们相伴的，是风、沙、星辰、黑夜和大海。我们必须用策略来面对自然的力量。我们等待黎明的到来，如同园丁期盼春天的降临。我们渴望下一个停靠站是一片安全的土地，我们在星云中探索着真相。

我并不抱怨什么。三天以来，我不停地走，口渴难耐，却依然在沙堆中探寻着道路。我寄希望于清晨的露水，我尝试着与自己的同类聚首，却不知道他们在这个地球上的哪个角落。这一切，其实都是凡人的烦恼。对我来说，它们和普通人晚上选择去哪个音乐厅一样的重要。

我不理解那些坐着郊区火车、拥挤在一起的人。他们被一种自己感觉不到的力量挤压成蚂蚁一般，像蚂蚁一般生存着。他们空闲的周日，是在一种如何的荒诞中度过的？

有一次在俄国，我听见一个工厂里有人在演奏莫扎特。我把这事写出来，结果收到两百多封辱骂我的信件。我不怪那些喜欢沉迷于咖啡馆里的简陋音乐会的人，他们不知道这世界上还有其他的歌唱与美妙的戏剧。我责怪那些用廉价娱乐来赚钱的人。我不喜欢人用这样或者那样的方式引导、腐蚀人们。

我热爱我的工作。我像是那些农民，飞在天上的农民。我的工作的艰难与那些拥挤在郊区火车上的人的相比，实在不算什么，甚至是一种奢侈。

我不后悔。我认真地玩了这场游戏，虽然最后我输了。这种失败本身，也属于这工作的一部分。无论结果如何，大海上的清风，我是呼吸过了。

人生只要品尝过一次，就再也不会忘记那食物的滋味。是不是，我的伙伴们？所有这一切，并不是为了刻意去寻找与经历危险的生活，这是一种太过自命不凡的视角。我并不欣赏斗牛士们。我不喜欢危险。我知道自己热爱的是什么。是生命。

天空似乎慢慢变白了。我从沙子里伸出一只手,摸了摸放在地上的帆布,它干涸如沙丘。继续等待吧。露水在黎明时降临,而微白的黎明却没有打湿我们的帆布。我思绪混乱地自己对自己说:"这里有一颗干涩的心……一颗干涩的心……它已经连眼泪都流不出了!……"

"我们出发,普雷沃!我们的喉咙还没有闭上,得继续赶路。"

七

天上吹起了那十九个钟头就足以将人吹干的西风。我的食道虽然还没有完全地关上,却已经干硬疼痛,好像有什么东西在刷蹭。我猜,他们向我描绘过的骇人的咳嗽,也即将到来。我的舌头开始变成一种负担。最严重的是,我的眼前开始冒起闪亮的光点。我决定,当这些光亮变成火焰的时候,我就躺下不动了。

我们快速地行走着,趁着清晨天气还凉快。我们心里很清楚,一旦太阳升起,我们就再也走不动了。在太阳底下……

我们没有权利流汗，也不能停下来休息。尽管此刻空气清凉，可潮湿度依然只有百分之十八。空气里的风来自沙漠，在它充满谎言的温柔的抚摩下，我们的血液正在慢慢蒸发。

第一天的时候，我们吃了一点葡萄。三天以来我唯一的食物，是半个橙子和小半个玛德琳娜蛋糕。我自己都惊讶当时哪来的唾沫咀嚼这些食物？我已经一点饥饿的感觉都没有了，只是觉得口渴。而现在，好像除了口渴，身体的每一部分都正在显露出缺水的各种症状。生硬的喉咙、如同石膏一样的舌头、剐蹭的感觉和嘴里可怕的味道。这所有的感觉对我来说，都是从未经历过的。也许只有水，才能治愈它们，可我记忆里从来没有将水和这些感觉联系在一起。口渴正在慢慢从一种欲望变成一种疾病。

想起泉水和水果的画面，好像也不再像早前那么痛苦了。那橙子的光亮照人已经渐渐在我记忆中变得模糊，好像我一点一点地在忘却属于自己的温存。也许我把一切都忘了。

我们才坐下来休息，却已经又到了出发的时间。我们放弃了长时间的行走。才走了五百米，我们已经筋疲力尽。我喜悦无比地躺下,伸展着四肢。可是,上路是必需的。

周围的风景发生了变化。脚下的石头变少了,我们直接行走在沙子上。两公里以外等待着我们的,是层层叠叠的沙丘,沙丘上有几株矮小的植物。相比钢铁般的盔甲,我更喜欢沙子。那是金色的沙漠,是撒哈拉,我想我认出了它……

走了还不到两百米,我们就已经一点力气都没有了。

"至少得走到那灌木边上。"

我和普雷沃都已经达到自己的极限了。八天后,为了找到坠毁的飞机,我们在得救以后开着车一路追踪着自己走过的这段路程,最后这一段路有八十公里,而我一共走了超过两百公里。我是如何做到的?

昨天,我一路行走时,已经全无希望了。今天,"希望"两个字对我来说,根本失去了意义。我们为了行走而行走,如同田地里耕作的牛。昨天,我梦想着长满橙子树的天堂。今天,天堂对我来说已经不存在了。我也不再相信某个角落有橙子的存在。

除了干涸的心,我什么都没有了。我将倒下,不知道什么叫作"绝望"。我已经没有痛苦了。我觉得可惜,此时的我觉得忧伤是一种温柔如水的感情。忧伤的时候，我们同情自己，像一个朋友一样哀叹自己的命运。而我，我已经没有朋友了。

当人们某一天发现我的尸体时，看着我被灼伤的眼睛，他们一定会想象着，我是如何呼唤，如何受尽折磨。他们不知道，一个人还有遗憾、痛苦，那说明他还很富有。而我，已经不再拥有这种财富了。年轻的女孩，在坠入爱河的第一个晚上，被忧伤包裹着，轻轻哭泣。忧伤与生命的颤抖是缠绕在一起的。而我，我已经没有忧伤了……

沙漠，就是我自己。我没有了唾液，更没有了能令我呻吟颤抖的温存画面。太阳晒干的，是我泪水的源泉。

这个时候，我发现了什么？一阵希望的清风，如同海上的涟漪，吹过我的面庞。是什么先点醒了我的本能然后又敲打着我的意识？一切都没有改变，然而一切又都改变了。这层薄沙，这些小丘，还有那些轻快的绿色，它们组成了一出戏剧。那舞台虽然依旧空荡，可一切都已经在暗暗地酝酿准备了。我看着普雷沃，他和我一样吃惊，一样对眼前发生的一切觉得不可思议。

我向你们发誓，有什么事件即将发生……

我向你们发誓，沙漠已经被点亮了。我向你们发誓，这片沉默与缺失，在一瞬间变得比躁动的广场更令人感动欣喜……

我们得救了，沙子上出现了人的足迹！……

啊！我们曾经失去了人的轨迹，我们与人的部落隔绝，变成两个行走在这世界上的孤魂野鬼，被全世界遗忘。然而此时，我们居然发现沙子上，有属于人的奇迹般的脚印。

"这里，普雷沃，这是两个人分开往不同的方向去……"

"这里，这是骆驼弯曲膝盖留下的印子……"

"这里……"

可是我们还没有得救。我们不能停留在这里等待，再过几个小时，就是有人发现我们，也已经太迟了。只要咳嗽一开始，一切都来不及了。而我们的喉咙……

可是我仍然相信在沙漠某处，有摇摇晃晃地前行着的商队。

于是我们继续往前走，突然我听到一阵鸡叫声。纪尧姆对我说过："最后那一刻，我在安第斯山脉听见鸡叫，还有火车的声音……"

听到鸡叫的那一刻,我想起了纪尧姆的叙述,我自己对自己说:"先是眼睛欺骗我,现在轮到了耳朵,这些都是缺水的症状。我的耳朵能撑得久一些……"

可是普雷沃抓住我的肩膀说:

"您听见没有?"

"什么?"

"鸡叫的声音!"

是的,我这个白痴,这是生命的迹象……

我的最后一个幻觉,是眼前有三只狗,正互相追逐着。普雷沃说他什么都没有看见。可是,我们两个都向那个贝都因人伸出了手臂。我们一起用尽了胸腔中全部的力量向他呼喊,我们同时幸福地微笑起来!……

可我们的呼喊连三十米外都传递不到。我们的嗓子已经完全干涸。我们互相说话的声音那么低、那么微弱,我们自己竟然没有察觉到!

这个贝都因人和他的骆驼,正慢慢地,一点点消失在小山丘后面,越走越远。也许他只身一人。残忍的魔鬼想将他指引给我们看,再把他从我们身边拉走……

我们没有力气再跑了!

又一个阿拉伯人出现在沙丘上。我们低沉地号叫着,疯狂地挥动着双臂，好像要让我们的动作填满整个天空。但他双眼望着前方，什么都没有看见……

接着，他不紧不慢地转过头。当他的脸与我们的相遇时，一切都被填满了。当他的眼睛落在我们身上的那一秒，他抹去了我们的干渴，推开了窥视着我们的死亡。他轻轻地一转头，改变了整个世界。那个轻巧简单的动作，那游荡的眼神，他像上帝一样创造了生命……

这是一个奇迹……沙丘上，他朝着我们慢慢走来，如同行走在海面上的耶稣……

阿拉伯人看了看我们，用他的手压在我们的肩膀上，而我们则毫无抗拒地服从着。此时此刻，没有人种或是语言的任何分歧……这个贫穷的游牧人将他天使的手放在了我们的肩膀上。

我们的额头贴在沙子里等待着。现在，我们像两头小牛一样，将头伸进了水罐。贝都因人被我们疯狂的牛饮吓住了，不得不拉住我们，让我们慢慢喝。可每次他一松手，我们就把脸一起浸入水罐中。

水！

你既没有味道，也没有颜色，没有气味。我们无法给你下一个定义，我们品尝着你却不了解你。你不是生命的必需品，你即是生命本身。你以一种无法解释的力量，带给我们快乐。你的注入，让我们重新拣回失去的力量。因为你的存在，让我们再次开启了已经在心中干涸的源泉。

你是世界上最大的财富，却又是最娇弱、最纯粹的。你是地球中心最纯净的存在。人会死在一片含镁的水源前，或者一片盐水湖的脚下，又或者那混合了盐的两升露水。你不接受任何的融合混淆，不接受任何的变质，你是一个谨慎又胆小的神灵……

而你带给我们的幸福却是无限的。

至于你，拯救我们的利比亚贝都因人，你永远也不会从我的记忆中被抹去。我从来不记得你的脸孔。因为你的脸，对我来说是全人类的脸。你从来没有揭下我们的面具，就已经认出了我们。你是仁爱的兄弟。而我，也永远会在世间，一眼认出你。

你充满了高贵与善良，像一个神一样慷慨，给予我们珍贵的水源。所有我的朋友，我的敌人，在那一刻全部化作你，向我走来。从此以后，我在这世上再没有了任何敌人。

第八章

人

Les hommes

令我痛苦的,既不是偻胸和驼背们,也不是眼前的丑恶。令我痛苦的,是每一个人身上,被谋杀了的莫扎特。

一

我又一次面对着曾经让我难以理解的某种真相。我以为自己迷失了方向，坠入绝望的最深处。而一旦当我放弃了所有的挣扎，却获得了意料之外的平静。似乎从那一刻开始，我们慢慢了解着自己，成为自己灵魂的伴侣。再没有什么比这种平和静谧更珍贵的了，它满足了我自己也不知道的内心深处的某种本质的需要。我想，博纳富在风中疲惫地奔跑时，一定也体味着这种平静，纪尧姆在安第斯山的大雪中也不会例外。我又怎么会忘记，当自己被沙子覆盖着全身，即将被口渴缺水勒死的时候，在漫天星辰下感觉到的内心的温热与平和？

人究竟该怎么做，才能让自己得到这种最终的释放与平静？所有的人都知道，人是多么矛盾的动物。当你给了没有食物的人足够的吃的，让他们去创造属于自己的生活时，他们常常因为不愁果腹而变得懒惰；战果累累的人会变得软弱；慷慨大方的人一旦富有，吝啬就会成为他们新的特点。那些鼓吹能对人有帮助的政治流派，它们连自己究竟针对什么样的人都不清楚，怎么会有所谓的益处？人不是那些被圈在一起的牲畜。一个穷困潦倒的帕斯卡的诞生，要比好几个不知名的有钱人的出现有价值得多。

生命中真正重要的东西，我们是猜不到它们究竟是什么的。我们当中的每一个人，都曾在毫无期待的时候，经历了人生最温暖、最巨大的喜悦。它留给我们如此多的怀念，以至于我们对那些苦难都念念不忘——如果的确是这些苦难带来了喜悦。我们也都品尝过在与同伴们重逢的那一刻，分享那些糟糕回忆的喜悦。

我们如何能知道，哪些尚未知晓的条件，将铸就人不同的性格面目？属于人类的生命的真相又隐藏在何处？

真相，常常不是那些显露在表面的一切。如果在这片土地上，而不是另一片土地，橙子树向下生长着结实的根茎，然后挂满了果实，那么这片土地就是属于橙子树的真相。如果某种宗教、某种文化、某种价值、某种活动能帮助人在其中找到属于他的平静与满足，让他在这一切的包围下逐渐变成一个高贵的灵魂，那么这种宗教、这种文化、这种价值与活动，就是属于人的真相。这其中的逻辑是什么？人生本来就没有什么逻辑……

我好像觉得，自己一直在讲述那些选择服从至高无上理想的人们的故事。他们的理想有的是沙漠，有的是飞行，有的是成为僧侣。如果你们觉得，我是在试图说服你们欣赏人的伟大，那么我就背叛了自己最初的目的。这一切首先值得欣赏赞叹的，是造就人的那片土地。

人的志向也许起着至关重要的作用。有的人将自己关在小店铺里，有的人却向着某个方向大步地行走着。人的不同志向，在童年时常常就能看见它们的种子，这些志向解释并塑造了他们的命运。事后，当人们重新审读历史时，常常会有这样的错觉，觉得有的人比另一些人更伟大。其实高远的志向，几乎人人都曾经有过。在海难或者一场火灾中表现得格外高大的小店铺的主人，你我都应该觉得似曾相识。他们在灾难中表现出的英勇，让那个夜晚成为他们人生中最值得铭记的时刻。然而从此再没有其他的机会，没有出现过造就英雄的土壤，没有严谨的信仰,他们又从自己的高大中重新沉睡。是的,高远的志向也许能将人从牢笼中解救出来。只是,大部分的时候,如何将那些志向本身从埋没它们的沙堆中挖掘出来,让它们重见天日?

飞行之夜,沙漠之夜……这些是少见的,并不是每一个人都能拥有的机会。然而当人们处在这些环境中时,他们所表现出来的各种需求与渴望都是一样的。现在让我继续向你们讲述我的一个西班牙之夜,这个故事并没有离题,它教会了我很多。我讲了太多关于几个人的故事,现在我要讲讲所有人的故事。

那是在马德里的前线,我以记者的身份出现在那里。那天晚上,我在隐藏在地下室的餐桌旁,与年轻的上尉一起享用晚餐。

二

电话铃响的时候,我们正在聊天。那是来自指挥部的命令,要求士兵们攻打这片工人在郊区居住的几幢民房,它们被敌人占领而变成了堡垒。上尉听完电话以后,耸耸肩膀走到我们跟前。"我们里面的几个人，"他说，"我们得先发上阵……"他把自己面前的两杯白兰地推到中士面前，然后对他说：

"我们两个打头阵。喝完这两杯你就去睡觉。"

中士这就睡觉去了。我们十几个人围坐在桌子边守夜。在这间完全封闭的屋子里，任何光线的渗入都令我无法睁开眼睛。五分钟前，我把堵住枪眼的抹布拿开，朝着枪眼外瞧了一眼。我看见被毁坏的月光，照亮着这好像有鬼魂附身的废弃的屋子。我于是把抹布又塞回原来的位置，它像擦去了一抹油脂一样，也抹去了月光。我的眼前浮现出了那些青绿色的堡垒。

这些士兵也许永远也不会再回到这个地方。然而出于克制，他们都一言不发。这次进攻是正式下达的命令。士兵们好像是谷仓里储存着的种子，战争一打响，就有一只手将他们一把抓起，撒入田野间。

我们继续喝着白兰地。坐在我右面的人，为了一盘象棋争吵着；坐在我左边的人，开着玩笑。我究竟是在哪里？这个时候进来一个半醉的男人，他摸着自己毛茸茸的胡子，用温柔的眼睛看着我们。他的眼神滑到白兰地上，又移开，然后又回到白兰地上，乞求地看着上尉。上尉低声地笑着。男人觉得自己好像有了那么点希望，于是也笑起来。所有的人跟着他们一起笑。上尉轻轻把酒瓶往后挪，男人的眼神充满了绝望。一场幼稚的游戏就此开始，好像一场无声的芭蕾。穿过香烟的云雾与疲劳的不眠之夜里，下一场战斗开始前，这个游戏维系着一个梦。

当我们窝在温暖的房间里享受着游戏时，外面的爆炸声却如同大海上的风暴一样猛烈。

再过一会儿，这些男人的汗水、酒精和前夜的肮脏都将被战争之夜的水清洗。我能感觉到他们即将变得那样纯净。然而此时他们继续着醉意蒙眬的芭蕾，一盘又一盘的象棋游戏。他们好像是在用这一切，继续着自己的生命。他们早已调好了闹钟，当铃声响起时，所有的人将爬起来，伸着懒腰，系好皮带。上尉将带上他的左轮手枪，喝醉的男人也将醉意全无。然后他们会不慌不忙地沿着这条走廊的斜坡走到月光下，简单地说几句"又他妈的要进攻了"，或者是"天气真冷"，然后将自己投入这深沉的夜。

到了即将出发的时间。我坐在中士的床边上，观察着还在沉睡中的他。他躺在一张铁床上，床被放在破破烂烂的地窖里。他沉浸在自己全无烦恼忧愁的睡眠中，看起来是如此的幸福。这无忧无虑的梦境让我觉得似曾相识。它让我想起了我和普雷沃在利比亚坠机后度过的第一个夜晚。当时的我们还没有被干渴鞭打，我们在飞机边安稳地睡了两个小时，那也是我们坠机后唯一一次睡眠。我那时候觉得，睡眠让我拥有了某种特殊的力量，它让我有权利拒绝外面世界的一切，让我成为自己身体的主人，寻得片刻安宁。再没有什么比那天夜里，在身体还听我使唤时，将自己的脸庞埋在手臂上沉沉睡去更令我觉得幸福的事了。

中士就这样蜷缩成一团，看不出人的形状，安睡着。当闹钟响起时，有人点燃了被固定在一个玻璃瓶瓶口上的蜡烛。烛光下，除了士兵们的军用鞋，其他的物件我都辨认不出来。他们巨大的鞋子上钉着铁钉，包着铁皮，那是搬运工人们常穿的大头鞋。

中士的身上挂满了各种军用物件：弹匣、左轮手枪、军用皮肩带、腰带。他还得带上驮鞍、颈圈以及所有套马所需要的装备。我曾经见过，在摩洛哥的地窖中，人们让那些瞎了眼睛的马去拉沉重无比的石磨。此时颤抖的红色烛光下，他们也正在叫醒一匹眼睛看不见的马，让它执行属于它的任务。

"嘿，中士！"

中士慢慢挪动着身体，露出了他依然沉浸在睡意中的脸，嘴里不知道在咕哝着什么。他依然不愿意醒来，依然让自己沉入睡眠中，好像躲进母亲的肚子里。他好像是在潜水，一会儿张开，一会儿又握紧自己的拳头，不知道在寻找什么珍贵的海草。我们坐在他的床边，我们其中的一个将他的手臂轻轻地放到脖子后面，微笑着抬起他沉重的脑袋。好像在温暖的马厩中，马儿温柔地抚摸着围栏的场景。"嘿，战友！"我这一生从未见过如此温情脉脉的场面。中士最后一次尝试着，拒绝走入这冰凉如水、令人筋疲力尽的夜。他要把自己留在甜蜜的梦境里。可是，太晚了。好像星期天早上寄宿学校的钟声，慢慢叫醒被惩罚的小孩们。他早已经忘记教室里的课桌、黑板和布置给他的课外作业。他正徒劳地梦想着那些乡间游戏。钟声继续敲打着，无法阻挡地，将他领回这个不公平的人的世界。中士慢慢地重新回到自己筋疲力尽的身体，他早已经想将这身体抛弃。然后在寒冷的清醒中，慢慢地感觉到身上令人伤感的疼痛和套马装束的沉重。等待他的是漫长的行军，还有死亡。可怕的并不是死亡本身，而是浸在鲜血的陷阱中的双手，将如何在沉重的呼吸中一步步抬起；可怕的并不是死亡，而是这个过程中的种种不适与痛苦。我看着眼前的中士，再次想到自己在沙漠中的苏醒。重新回到那令人无望的口渴、炙热的太阳和无边的风沙中去，重新回到生命中，回到那我们没有选择的梦中。

但这个时候，他在我们面前站了起来，直视着所有人的眼睛说："到时间了？"

此时出现的，是一个真正的"人"。出乎所有人意料，中士微笑着！是什么令他这么做？我记得有一天晚上在巴黎，我和梅尔莫兹还有其他几个朋友，不知是为了庆祝哪个特殊的节日，狂欢了整整一个晚上。黎明快要来到时，我们坐在一家小酒吧的门前，因为一夜不停地谈话和喝酒而感到恶心，筋疲力尽。天空慢慢泛白时，梅尔莫兹突然抓紧了我的手臂，他如此用力以至于我都感觉到了他的指甲嵌进了我的皮肉。"你看，现在要是在达喀尔……"要是在达喀尔，这时正是机械师一边揉着眼睛，一边扯下螺旋桨上的套子，飞行员们将察看当地的天气预报，机场里还人烟稀少的时候。天空已经渐渐有了颜色，我们已经开始为别人准备聚会，桌上已经铺上台布，虽然我们不是来宾。人们正奔跑着追赶着危险……

"反而这里，实在是无聊……"梅尔莫兹说。

你呢，中士，你又是受了哪一场盛宴的邀请，让你不惜冒着生命的危险？

我听过你的自白。你已经向我讲述过你的故事：你曾经是巴塞罗那的一个小会计，终日与数字为伍，对自己正在分裂的国家不怎么关心。然后你的一个同伴入了伍，然后第二个、第三个，你于是经历着一场令人吃惊的改变——曾经让你在意的一切，正慢慢地在你眼里显得琐碎无比。你的快乐、烦恼，那些生活中的舒适，好像都变成了另一个世纪的画面，变得无足轻重。有一天你收到一个同伴死去的消息，他在马拉加附近的海岸遇难。你并没有要为同伴报仇的欲望，至于政治，它也从来没有让你特别感兴趣过。然而这个消息，还是像一阵海风一样，吹入了你狭窄的生命。有一天早上，你的一个同伴对你说：

"我们去不去？"

"去。"

于是，你们就这样上路了。

你无法用言语解释自己为什么会做出这个决定，可我眼前却有一幅幅清晰的画面，它们解释着关于你这么做的真相。

野鸭在迁徙时，总能在它们占领的土地上，引起其他动物好奇的围观。那些被人圈养的鸭子,被它们三角形的飞行队列吸引,也忍不住笨拙地想尝试着高高地跳跃起来。原始的呼唤不知道在它们身上,唤醒了哪些残留的本能。于是那一分钟里,家鸭们变成了迁移的鸟群。在它们小小的坚硬的脑袋中,那些谦卑的关于池塘、鸡窝和眼前食物的画面,变成了宽广的大陆、无边的海洋和疾风的滋味。它忽视了自己的脑袋有没有足够的地方,能储存下如此多的奇迹。而它依然拍动着翅膀,鄙视眼前的吃食,想要成为飞翔在空中的野鸭。

我想起自己曾经在朱比角养的那些瞪羚。我们当中所有的人,都在当地养过瞪羚。我们把它们关在带栅栏的露天房子里,瞪羚是非常脆弱的动物,必须有流通的空气和清风才能令它们生存下去。它们在幼年时被擒获,在人的养育下,不但能活下来,还会乖巧地吃你手中的草。它任由人抚摸,将潮湿的鼻子伸在你的掌心中。你以为,你从此驯服了它们。你以为,你让它们躲过了一切未知的忧伤,死亡也会是温柔的……可是当它们有一天面向着沙漠,把它们小小的角顶在围栏上,被沙漠的磁力所吸引时,它们不知道自己正在逃开你为它们圈起来的世界。你给它们奶水,它们依旧乖乖地喝着。你抚摸它们的时候,它们把自己的鼻子陷得更深。但是当你将它们放回大自然时，在几下轻快的跳跃后，它们又重新走回围栏边。如果你不阻拦它们，它们甚至连挣扎都不挣扎，将自己靠在栅栏上，低着脖子，就这样一直到死。是因为交配的季节到了？还是因为需要来一场让它们气喘吁吁的奔跑？而这些它们都不曾经历过。当它们被擒获的时候，它的眼睛都还没有睁开。沙漠中的自由它们一无所知，正如那雄性的气味，对它们来说陌生无比。你却要比它们聪明得多。你知道它们寻找的是什么，你知道只有沙漠的广阔才能令它们活得完整。它们向往的，是变成真正的瞪羚，跳着属于它们的舞蹈；它们需要的，是沙漠中时速一百三十公里的直线奔跑，带着不时地突然出现的跳动，如同沙漠里冒出的火焰。无所谓某处会有豺狼的出现，因为属于瞪羚的生命的真相，就是品尝自然中的恐惧。也只有危险才能让它超越自己，从此奔跑得越发迅速，那豺狼又算得了什么？无所谓沙漠中正在等待着它们的雄狮，因为属于瞪羚的生命的真相，就是那烈日下随时有可能到来的生死危机。那雄狮又算得了什么？你看着它们，心想，是的，它们正被一种忧郁的乡愁折磨着。那乡愁，是一种无法用言语来形容的渴望……它所渴望的一切，都真实地存在着，只是你找不到恰当的词汇来描绘它。

那么我们呢？我们的生命中又缺少了些什么？

中士，此时此刻，是什么让你感觉到，你没有背叛这场人生旅途？也许是那兄长般的手臂，轻轻抬起你沉睡的额头；也许是这轻柔的微笑，没有埋怨地分担着你的一切。"哦，同伴……"我们会埋怨，那是因为我们仍然是两个分开的个体。而这世上存在那么一种崇高的关系，感激也好，同情也好，都已经没有了意义。那一刻，你感觉自己如同被释放的囚犯一样，呼吸着自由。

在两组飞机一起飞越当时还神秘未知的里奥德奥罗时，我们都经历了这种两个生命缠绕在一起的关系。我从来没听到过被救起的飞行员感谢救他的人。最经常发生的，反倒是从一架飞机卸载被运输的邮包到另一架飞机上时，飞行员之间互相的指责辱骂："浑蛋！我会发生故障，都是你的错。因为你像个疯子一样顶风飞在两千米高空！如果你跟着我在低处飞，我们现在已经到努瓦迪布了。"那个冒着生命危险救了他的飞行员，突然发觉自己对对方来说，原来是个浑蛋。可仔细想一想，他为什么要感谢你救了他的命？如果换作是他，他也同样会毫不犹豫地救你的命。你们如同一棵树上两根相连的树枝。你救了我的命,我为你感到骄傲!

中士,对于那个将你的额头轻轻抬起,为你准备着死亡的人,你有什么可抱怨的?你们互相都为对方冒着相同的危险,不是吗?这一分钟将你们连接在一起的这个世界,令你们不再需要任何的语言。我明白为什么你放弃原有的生活,来到战场。在巴塞罗那,也许你很穷,也许你工作结束以后是孤身一人,也许你连一个栖身处都没有。而在这里,你觉得自己的生命有了归宿,你的灵魂有了依托。是的,你是被爱接纳着、包围着的。

那些政客真诚与否的口号,是否如同一颗种子一般,在你心中生根发芽,我对此并不感兴趣。如果它们真的在你的心田里长出了幼苗,那是因为这些种子回应着你的需求和等待。你是种子们唯一的法官。因为种子是否优良,只有土地才能辨别。

三

与伙伴兄弟因为共同的目标而将彼此的命运连接在

一起,这个过程中所有的经验都告诉我们,爱不是互相凝视,而是一起望向同一个方向。只有彼此捆绑在一起,朝着顶峰一同攀登。当我们抵达目标的那一刻,我们才成了彼此真正的灵魂伙伴。否则为何在这个物质越来越舒适的时代,当我们在沙漠中分享着彼此最后的食物时,内心体会到的是一种圆满的喜悦?没有任何社会学家的预言能与这一事实相左。对于我们中间所有在撒哈拉沙漠里遭遇过事故的人来说,与同伴一起被拯救的那种喜悦与感动,人生其他各种快乐在它面前,好像都变得如此琐碎。

这也许就是为什么,今天的世界正在我们周围慢慢崩裂。每个人都围绕着承诺给予他这种圆满的宗教,兴奋着,膜拜着。所有的这些宗教,又以相互矛盾的言辞,在表达着同样的愿望与希冀。人们在用哪种手段达到这种"圆满"前四分五裂,却又分享着同一个目标。

从现在开始,再没有什么是需要惊讶的了。那些从来没有怀疑过自己身上沉睡着一个陌生人的人,在巴塞罗那的某一个无政府主义者的地窖中一夜间醒来。牺牲、与人之间的互助、社会的不公正,所有这些无政府主义者的信条,从此以后将变成他唯一相信的真理。而那些保护了跪在某座修道院前凄惨不堪的修女们的人,则做好了为上帝献出自己生命的准备。

如果你们不认同梅尔莫兹,为了传递区几份信,冒着死亡的风险穿越安第斯山脉,那么梅尔莫兹一定会笑话你们。因为属于他的真相是,那关于人的伟大与高贵,只有当他穿越了安第斯山脉的那一刻,才在他的身上诞生。

如果你们想说服那些不拒绝战争的人战争本身有多么恐怖,那么首先不要以为是他们身上流着好战野蛮的血液,在评价他之前,试着去理解。

现在来看看这位在南部指挥里佛山战斗的军官。他的军营在两座隐藏起来的山头中间。某天晚上,他正在接见从西部高地下来的敌方代表团,当他们正一起喝茶的时候,东部高地上的当地部落突然袭击他的军营。上尉让敌方军事代表先回去,他好专心作战时,对方回答他说:"我们今天是你的客人,上帝不允许我们就这么扔下你不管……"于是他们召集起自己的人马,帮着上尉一起保住了他的营地。然后又重新爬回自己在高山上,如同老鹰巢一样的窝。

几天以后,轮到他们为第二天进攻上尉的军营做准备。他们派来使者对上尉说:

"那天晚上,我们帮助了你……"

"是的……"

"为了你,我们消耗了三百颗子弹……"

"是的。"

"出于公平,你应该还给我们。"

上尉不愿意靠自己在子弹上的优势赢得这场战争,于是他高贵地把三百颗子弹还给对方,让他们用这些子弹来攻打自己。

人类的真理是那些让人与动物得以区分的力量,让人真正称得上"人"的信仰。上尉在他与敌人的关系中,表现出的尊严、诚实、对对方生命的尊重,将他提升到一个令人敬佩的高度。他不会认同那些平庸而充满蛊惑性的人,那些人一边拍着阿拉伯人的肩膀赞美他们,一边打从心底侮辱他们、看不起他们。如果你同他理论,他会表现出不屑的怜悯。对的是他。

与此同时,你们也完全有理由憎恨战争。

为了理解人与其需求,为了看清楚其本质,我们不应该把各种真相对立起来。是的,你们是有道理的,你们所有的人都是有道理的。逻辑证明了这一点。即使是那些将人类所有不幸归罪于驼背的人,也自有他的道理。如果我们现在发起一场对驼背们的战争，所有的人一定立即兴奋不已，报复驼背们曾经犯下的罪孽。是的，也许驼背们的确会犯罪。

为了看清楚人的本质，必须暂时忘记分歧。因为一旦只关注分歧，就会写出那些充斥着不容辩驳的真理的书，从而生出宗教狂热主义。我们可以把人分成左派和右派，驼背的和不驼背的，法西斯分子和民主主义分子，所有这些区分都不容置疑。但是你们知道，真相是那些将世界变得简单明了的东西，而不是制造纷扰混乱的发明创造。真相，是一种展现宇宙的简单语言。牛顿并没有"探索"到某种解除谜语答案的规律。牛顿创造了一种人类的语言，它既能够解释苹果是怎样坠落到地上的，又是太阳上升的缘由所在。真相并不是对自我的逻辑论证，而是让这个世界变得简明单纯。

为什么喋喋不休地讨论各种意识形态呢？所有的这些意识形态，它都能以逻辑的方式展现，也都互相矛盾。这样的讨论，只能引起对人性救赎的绝望。而人，我们身边所有的人，本质上都有着同样的希冀。

我们希望得到拯救。那挥动铲子的人想知道自己究竟为了什么在挥动铲子。服刑的人挥动的铲子，让服刑的人自己觉得屈辱，它不同于勘探者挥动的铲子，它们让勘探者变得高大。牢狱不在那铲子挥下去的地方，牢狱在于他一万次地将铲子挥下去却没有任何意义，在于让他依然孤独地被关闭在自己的世界中，永远无法与外面的人群相聚相知。

而我们，都渴望着从这样的牢狱中逃脱出来。

在欧洲有两百万人，尽管他们的生活没有任何的意义，却依然有所期盼。大工业的发展将他们从农民的语境里连根拔起，然后把他们关入巨大的工人集中住宅区，那里就好像装满黑色车厢的火车站。在这些工人住宅区的深处，他们渴望有一天能被唤醒。

其他一些人，被卷入各行各业的齿轮当中。那些职业本身，禁止了你拥有属于开拓者、宗教人员或者博学人士拥有的快乐。人们以为，为了让他们成长，只需要给他们衣服穿，给他们吃的，满足他们的所有需要。渐渐地，他们变成了库特利那[1]笔下的小布尔乔亚、小城里的政客，或者是工厂里的技术人员，被琐碎的生活关闭了起来。他

---

1 乔治·库特利那（Georges Courteline，1858—1929），法国小说家、剧作家。

们虽然受了教育，能读书写字，却毫无学养。他们平庸地以为，学问无非是自己记忆中的各种公式。专业课程里的蹩脚学生们，对自然科学了解得比笛卡尔还深刻，对法律比帕斯卡还掌握得全面。但是，他们是否拥有笛卡尔与帕斯卡的思考能力？

所有的人，有意识无意识地，都希望自己能存在着。令他们迷失的，是以哪种方式存在，以哪种方式让生命继续。是的，我们可以用军队的制服点燃他们的灵魂，让他们唱着军歌，与战友们分享着面包。他们就此能找到自己所寻找的，那种生存在宇宙间的滋味。可是面包一分享完，等待着他们的，将是死亡。

我们可以重新发现木头做的神像，让古老的传说，古罗马帝国的传说，或者泛日耳曼主义的传说复活。德国人可以陶醉在作为德意志人民和贝多芬同胞的骄傲中。让最底层的人民咽下任何政治宣传是很简单的事情，但是要把他们变成贝多芬可就难多了。

可是如此的偶像与崇拜，是一种食人的陷阱。那些为了科学的进步，为了拯救他人的生命而牺牲自己的人，当他们的生命消逝的那一刻，他们也同时在为其他生命的到来做着准备。为扩张自己的国土而牺牲生命，或许是一种英勇壮烈的死亡方式，但是今天的这场战争，却与它开始时宣扬的一切主张背道而驰。这场战争到了现在这个阶段，已经远远不是靠流一点血来振兴自己的民族了。一场战争，当它开始动用飞机、芥子气，它就变成一场血腥的外科手术了。每个人驻扎在自己的高墙后面，在毫无出路的情况下，各自用海军纵队向对方投着鱼雷，炸毁对方的作战中心，瘫痪对方的食物供给。谁最后一个腐烂，谁就赢得了胜利。可是最终，两方难免同时走向毁灭。

在一个慢慢变成沙漠的世界，我们渴望和同伴们重逢；与同伴们分享面包的那一刻，也同时让我们接受了关于战争的种种价值。可是如果我们有着相同的目标，我们并不需用战争将炙热的肩膀维系在一起。战争欺骗了我们，我们向着同一目标的道路上，仇恨并不能为我们增添任何的力量。

为什么要互相仇恨？我们是团结的，生活在同一个星球上，我们是同一艘船上的海员。如果说不同的文化有的时候需要互相碰撞、对立才能有新的创造，那么它们之间的互相吞噬却是再恐怖不过的事情。

因为将自己拯救出来，只需要找到那个将你我连接在一起的、生命中共同的目标。外科医生诊断病人的目的并不是听他形容自己的各种症状，而是通过这些症状治愈他的病人。外科医生所用的语言，是一种普世的语言。物理学家通过研究方程式，找到的是关于原子和星云的秘密。即使是一个最普通的牧羊人，也逃不开这个规律。因为这个在星空下看守着几只绵羊的简单的人，如果他仔细思索一下自己的角色，就会发现他不仅仅只是一个为地主干活的牧民。他是一个士兵，一个守卫者，而每个守卫者都应该对自己的王国负责。

难道牧羊人就不期盼着，某一天他沉睡的思想与意识被唤醒吗？在马德里的前线，我曾经参观过一所建在山坡上、离战壕只有五百米的学校，一位下士正在给其他的士兵上植物学的课程。当他一片一片撕下虞美人的花瓣，向这些被战地的泥土与灰尘掩盖着头脸的战士展示着花朵的构造时，他引领着他们走向了一场朝圣。他们安静地坐在四周皆是炮弹和尘土的座位上，手撑着下巴，仔细地倾听着。他们眉头紧皱，咬着牙齿。虽然下士讲的那些东西大部分他们都听不懂，却执着地坚持坐在那里。因为人们曾经这么对他们说："你们好像那些刚从山洞里走出来的野蛮人,你们得赶快追赶上这个世界上的文明人!"于是他们迈着自己笨重的脚步,向前走着。

只有当我们意识到自己所扮演的角色的那一刻,哪怕是最普通、渺小的,我们才会感到幸福。只有那一刻的清醒,才能令我们活在平静中,死时归于安宁。因为活着的时候人生有意义,死去时生命才不显得虚无。

当死亡按着规律到来时,它是温和的。当普罗旺斯的农民生命走到尽头时,他将自己拥有的羊群和橄榄树,一起交到了自己的儿子手中,再由儿子世代传递着。对于世世代代都是农民的家庭来说,一个生命的逝去其实只相当于半个。存在,在消亡的那一刻好像一个爆裂的豆荚,将种子散播到田野中。

我曾经亲眼见证了三个农民在床前与他们的母亲告别的场景。那场面无疑是令人痛彻心扉的。那是他们人生中第二次脐带被割断,两代人维系在一起的那个结就此断裂了。从此以后,这三个儿子将独自面对人生的一切;从此以后,节日时的家庭团聚将再没有母亲的踪影,供他们围绕着生活的磁极从此消失。然而在这生命断裂的一刻，我却看到了一种延续与重生。三个儿子将成为家庭的领头人，成为一家之主，直到他们离开的时候，再将手中指引全家的力量，交给此时正在院子里玩耍的小孩们。

我看着这个年老的农妇的脸，她双唇紧闭，平静而已经僵硬的面孔慢慢地变成了一张石头面具。在这张面具上，我看到了三个儿子的影子。那张面具印制出了她的儿子们的身体和面孔。现在她躺在床上，如同被抽取了果实的空壳。轮到她的孩子们来继续播撒这家族的血脉。在一个农庄里，生命不会真正死去。母亲死去了，母亲永远活着。

母亲走了，将她白发苍苍的脸庞刻在了儿子们的身上。哀伤是存在着的，一代一代的传承与消亡充满了痛楚，却也在这种蜕变中，一步一步迈向某种不可知的真相。

这就是为什么，那天晚上小镇上为死者鸣起的钟声，在我听来并不充满绝望，而是带着一种隐秘的轻快与温存。它奏响的并不只是死亡的哀悼，它也为重生的喜悦轻唱着。它宣告着由一代人到另一代人的转换与过渡。当我们听到，这老妇人与大地结合在一起的歌声时，内心体会到的，是无限的平静。

随着生命之树的缓慢成长，一代人传递给另一代人的，除了生命，还有意识。那是一种多么神奇的进步！人类从最初生在一片混沌迷茫中，诞生于岩浆、星辰和奇迹般繁衍的有机细胞中，经历成长和提升，发展到可以写出歌剧康塔塔，可以探索解析银河。

母亲传递的并不只是生命，她还教授着一种语言，把自己掌握的几个世纪以来的思想遗产，交到了孩子们的手中。正是这些来自每个家族特有的概念、神话，才造就了牛顿与莎士比亚，将他们与粗糙的、野蛮的生命区分开来。

我们内心深处萌发出一种饥饿，是这种饥饿，将西班牙的士兵推向植物课的讲台，将梅尔莫兹带到了大西洋南部，将人推向诗歌。正因为这种饥饿的存在，人类"创世记"的篇章才会继续书写。它让我们了解自己，也让我们认识宇宙。我们要在夜空中，抛出那座桥。那些不知道这一真理的人，将他们的冷漠和无动于衷当作智慧，然而人类一切的经验都证明那并非什么智慧。伙伴们，亲爱的伙伴们，我要你们做我的见证人：是在什么时候我们才会觉得幸福？

四

写到这本书的尾声的时候，我想起了在我第一次即将起飞前的黎明时，坐在陈旧的公车里的那些年老的机关人员。他们看起来和我们一样，普普通通地生活着。唯一与我们不同的，是他们的心中从未意识到那种饥饿。

一生都在沉睡的人太多了。

几年前，在一次长途的火车旅行中，我突然想步行参观一下这节将我关了整整三天的列车。三天来，我像个犯人一样，被迫听着仿佛大海翻卷鹅卵石一样的车轮声。凌晨一点左右，我走完了列车所有的车厢。卧铺车厢里空无一人，一等座车厢也是空的。

而三等座车厢里，却挤着上百个波兰工人。他们完成了在法国的工作，正坐火车回波兰去。我走在那些躺在地上的人的身体中间，尝试着不踩到他们。站在夜灯下，我发现这是一节没有任何分隔的车厢，好像一间巨大的卧室，里面却弥漫着兵营的气味。所有人都被火车前进时的晃动推搡着，所有人看起来都陷入了一个噩梦中。占领他们的，是一种苦难。一个个剃得光光的、肥大的脑袋靠在木质长椅上。男人，女人，小孩，所有的人都辗转着身体，被噪声攻击着。没有人在其中体味到睡眠的甜美。

我站在这里看着他们：这些人被经济的潮水冲击着，从欧洲大陆的这个角落漂流到了另一个角落。他们丢弃了自己在法国北部的家园，狭小却美丽的花园和窗台上那三株天竺葵，开始了这丧失了一半人性的生活。他们带在身上的，只有做饭的工具，几条被子和窗帘，用绳子捆扎着。在法国这四五年的生活中，他们抚摸过、疼爱过的猫咪、小狗和天竺葵，他们都不得不放弃。能带在这身上的，就只有用来填肚子的锅碗瓢盆。

小孩吮吸着母亲的乳头，母亲因为疲倦而沉沉睡去。生活变成了一场荒诞而杂乱无章的旅行。我看着那父亲，他光秃秃的、沉重的脑袋好像一块石头。他深陷在不舒适的睡眠里，身上裹着的是肮脏破烂的工作服。那男人，就如同一摊烂泥。深夜中，这些几乎没有形状的人身，摊倒在车厢中。我当时想，问题不在于苦难、肮脏和丑陋。眼前的男人和女人，也许在他们相识的那一天，他曾经对她轻轻地微笑着，在上完班以后给她带来了鲜花。他腼腆而笨拙，也许因为即将站在她的面前而颤抖不已；女人因为自己与生俱来的娇俏妩媚的天赋，享受着折磨男人的小小的快感。当时的男人，远非今日如同一个挖掘工具般迟钝，过去他心里感觉到的，是一种美好的焦虑。人生的谜团就在于，这个男人是如何变成今天这团烂泥的。是哪一种模子，是哪一种冲压机，把他压挤成眼前这个样子？即使是一只老去的动物，也依然保留着属于自己的优雅。为什么美丽的人的躯体，会被损害得面目全非？

我继续在这无法享受平静睡眠的人群中旅行。车厢里飘荡着沙哑的鼾声、低沉的呻吟声、木鞋擦着地面的声音。一边鞋子坏掉了，继续用另一边的鞋子摩擦着。还有一刻不停的如同被海浪翻滚着的鹅卵石一般的车轮声。

我在一对夫妻的面前坐了下来。男人和女人中间挤着一个小孩，他沉睡着。睡梦中小孩转过了头，露出一张无与伦比的婴孩的脸。这是一张多么令人疼爱的脸孔！他是这对夫妇金色的果实，他是苦难中诞生的优雅与美好。我俯身看着他光洁的额头，我看着他柔软的小嘴，心里想：这是一张音乐家的脸，这是孩童时的莫扎特，是生命的美好承诺。传说中的小王子们和他没什么两样，他如此被保护着、宠爱着，将会拥有如何出色、与众不同的未来！当花园中开出一朵新鲜娇艳的玫瑰花，所有的园丁都感动不已。他们把玫瑰移植到一边，对它精心栽培，呵护有加。只是，人的世界里并没有这样的园丁，眼前的小莫扎特也总有一天会被冲压机发现，被它塑形。然后，莫扎特将坐在散发着臭味的咖啡馆里，享受着糟糕蹩脚的咖啡馆音乐。莫扎特其实早就已经被判了刑。

我回到了自己的车厢。我对自己说，这些人其实并不对自己的命运感到苦恼。此时令我痛苦的并非慈悲心肠，我也不是在为这永不愈合的伤口悲伤。你只需要小心温柔地对待它，就能解决一切的问题。那些身上满是伤口的人，他们甚至都没有感觉到它的存在。受伤的，其实是人类本身。令我痛苦的，是关于园丁的故事。令我痛苦的，不是苦难，因为人终究会把自己安置在苦难里，就像陷入一种慵懒与习惯中不愿自拔。令我痛苦的，是国家救济的粮食无法解决的。令我痛苦的，既不是佝胸和驼背们，也不是眼前的丑恶。令我痛苦的，是每一个人身上，被谋杀了的莫扎特。

只有当思想的清风，拂过烂泥的那一刻，才有可能造就真正的人。

附录

飞行员与自然的力量[1]

Le pilot et les puissances naturelles

---

[1] 1939 年 2 月由伽利玛出版社（Gallimard）出版的法文原版《人类的大地》中并未收录本篇，其最早以英文发表于 1939 年 6 月在美国出版的英文版中。其后，其法文版于 1939 年 8 月在伽利玛出版社创始人创办的《玛丽安娜》期刊上发表。故本篇在此作"附录"收录。

康拉德[1]，当他在讲述一场海上风暴的时候，他不会以传统的方式来讲述。他不会描绘巨大的海浪、黑暗的天空和飓风，而是去写货舱里挤满的中国移民、被轮船摇晃撞得乱七八糟的行李、撞坏的箱子和他们散落得到处皆是的可怜的财富。那是他们一文钱一文钱在人生中积攒起来的财富。那是既相似又属于每个个体的回忆。然后此时一切都变得乱七八糟、毫无章法、身份模糊，在混乱中无法辨识。康拉德向我们展示的是台风引起的社会悲剧。

我们都经历过暴风雨过后，无法向人讲述自己经历的那种无力感。当所有人像回到家一样聚集在图卢兹的小餐厅里，在女服务员的审视下，我们拒绝讲述地狱般的经

---

1 约瑟夫·康拉德（Joseph Conrad），波兰裔英国小说家，著有《吉姆老爷》《黑暗的心》等。

历。我们的叙述、手势和庄严郑重的用词，好像孩子般夸张，让同伴们忍不住微笑起来。这并不是偶然的。我要讲述的那场飓风的经历，从其猛烈程度来看，是我所经历过的最令人震撼的经验之一。然而到了一定的程度以后，我又不知道应该如何具体形容那种暴力，我只能一个形容词又一个形容词地叠加着，给人一种夸大其词的感觉。

我花了不少时间才明白这种无力感究竟来自何处。归根结底，我们尝试着去描绘一出以前并没有存在过的悲剧。我们无法去复制那种恐怖，因为恐怖是事件发生以后，人在回想记忆的时候制造出来的情绪。恐怖在真实的事件过程中其实并不存在。

这就是为什么在开始讲述这一系列我亲身经历的事件时，我有种无法与人描绘这事件的严重性的感觉。

我离开了特雷利乌的停靠站，向巴塔哥尼亚的里瓦达维亚海军准将城飞过去。飞机飞在一片像个老釜一样的、坑坑洼洼的土地上。我还从来没见过如此残破的土地。风从安第斯山脉的一个海湾吹过，太平洋的高压在狭窄的百米过道里变得急迫，朝着大西洋的方向加快了速度，掀起所到之处的一切。残破不堪的土地上唯一生长着的是那些石油井，像一片着火了的森林。三两散落着的圆润山丘被风席卷着，风所到之处留下的只有坚硬碎石的残痕，山高高地耸立着，显出尖尖的、带着锯齿的、枯瘦的面目。

夏季那三个月的时间，从地面测量到的风，时速达到了一百六十公里。我和我的同伴们心里很清楚，只要一越过特雷利乌的土地，进入这风横扫的地盘，我们会认出它们蓝灰色的面目，然后为即将到来的震动气流做准备，拉紧皮带和肩带。我们会从那一刻开始艰难地飞行，不断地颠簸在看不见的气洞里。那是一项体力活。在那一个小时里，我们的肩膀好像被沉重的力量打压着，如同码头装卸工人一般。一小时后，我们才能重新找回平静。

我们的飞机经受住了考验。机翼完好无损，能见度总体来说很不错。这样的旅行对我们来说更多的是一种负担，而不见得是一场灾难。

但是这天，天空的颜色让我不喜欢。

天空是蓝色的，一种纯净的蓝色，有点太过纯净。坚硬的阳光照在贫瘠的土地上，那光明晃晃的，叫人睁不开眼睛。土地在这光照下如同被啃光肉的脊骨。天上一丝云彩都没有。蓝色的天空如同被打磨过的尖刀。

面对即将到来的生理上的考验，我预先感觉到一种淡淡的恶心。这天空没有瑕疵的纯净让我不舒服。

在那些一片漆黑的风暴里，敌人是光明正大地出现着的。我们可以预测它的广度，为它的到来做准备。对敌人，我是能够触及的。但是在高空天气晴好时，这种蓝色的气流会以致命的方式突袭飞行员。飞行员会觉得自己的身下是真空的沟壑。

我还发现了其他的迹象。环绕在山峰那个高度的不是雾，不是蒸汽，不是沙尘，而是一种烟灰般的笼罩。我不喜欢这被吹着的、飘向大海的、好像一块铁屑做成的围巾一般的泥土。我把肩带拉到极限，一只手驾驶着飞机，另一只手紧紧拽着飞机的翼梁。然而此时我仍然行驶在一片格外安静的天空中……

它终于开始颤抖了。我们都认识那种秘密的震颤，它预示着真正风暴的到来。那不再是什么摇晃摆动，那不是什么大幅度的动作。飞机依然直线飞行着，可是机翼受到了冲击。那是种间歇性的冲击，并不容易察觉，它时不时地到来，好像空气里混入了火药一般。

接着，暴风雨在我的附近暴发了。

对于接下来的两分钟我并没有什么可以说的。记忆中那时候我脑海里出现的是一些很基本、简单的逻辑与观察。

我没办法上演一出"悲剧"，因为所谓的"悲剧灾难"并不存在。我只能以时间顺序把发生的一切一一列举出来。

首先，我的飞机不再前进了。飞机向着右边偏离了航向。为了纠正这突然到来的偏航，我眼看着眼前的风景逐渐静止，然后完全消失了。飞机不再前进，我看不见机翼的阴影继续在地面前行。我看见地面开始旋转颠倒，飞机像个没有锯齿的齿轮一样不再正常运行。

同时我有种极为荒唐的感觉，好像自己毫无保留地暴露在敌人面前。所有这些山峰、尖顶，它们在狂风里刻下自己的印记，而我被风紧紧地抓住，如同面对着一排大炮。慢慢地，我有了这么一个念头，牺牲飞机当时所在的高度，降到山谷低处，寻找某个大山侧翼的庇护。更何况无论我是否愿意，当时我已经在向地面下沉了。

就这样被第一拨飓风袭击着，二十分钟以后，我发现海面的风速当时已经达到了每小时两百四十公里，可我并没有什么天就要塌下来的悲惨感觉。假如我闭上眼睛，假如我忘记飞机和飞行，只是寻找我在这一过程中简单、亲密的感知经验，我觉得自己好像一个背负着很多包袱、努力保持身体平衡的负重者。我同那些不停在移动中要掉下来的包袱做着斗争，好不容易抓住一个，因为动作过猛又导致其他包袱落下。而当这局面变得荒诞不可收拾时，我发现我就想张开双臂把所有东西都抛掉。我头脑里并没有出现任何关于危险的画面。通常我们所经历过的某一事件，只需要它其中某一象征性的画面，就能予以概括：我就是一个捧着一堆餐具在地板上滑了一跤的家伙，把那些瓷器摔了一地。

现在我变成了那座山的囚犯。坐在飞机里的不舒适感非但没有减轻，反而越来越强烈。的确，气流当然从来没有直接要了人命。我们都知道这么一句话："被气流掀翻在地。"不过这句话只是一句记者用语。风怎么能一路往下吹到地上呢？可是今天，在我身处山谷深处的时候，我对飞机的控制几乎丧失了四分之三。而对面这座由山构成的监狱，我发现它在左右摇摆，突然从天上往下急落下去，才过了一秒钟，它就从悬垂在我面前，掉入地平线之下。

地平线……此时已经没有地平线了。我好像一个被关在满是布景的剧院后台，直线、斜线、水平线统统混在一起。成百道横向山谷在我眼前打着转。我还没有时间弄清楚自己身处何处，又一阵猛烈的气流让我又转出去四分之一圈。我必须在这一堆问题里重新找到解决方法。这时候我有了两个主意。第一个是一个新发现：我在今天才明白有些突然发生在山区的飞机事故，在没有雾的情况下，是无法解释原因的。飞行员在这如同华尔兹一般的风景中，有那么一秒钟混淆了山纵向的侧身与横向的平面。另外一个是一个坚定清晰的主意：得重新飞到海面上去。海面是平的，不会有什么囚禁我的东西。

于是我开始掉转方向，向着东面的山谷如舞蹈似的跳转过去。这时候仍然没有什么煽情的情绪。我同混乱做着斗争，在这混乱中筋疲力尽，我尝试着让好像是纸做的城堡一样脆弱的飞机重新回到正常高度，然而它只是不停地往下坠。当我监牢的一堵墙如汹涌的潮水般猛然升起的时候，我感觉到一种微微的恐惧。但我才刚刚有时间觉得恐惧，飞机又被卷入了巨大的气流中，这气流猛烈得如同隐形的爆炸，但我几乎没有感受到紧张。如果在这些混乱复杂的感觉中我能体会到什么清晰的情绪的话，就是一种敬畏感。我尊敬这山顶，这尖锐的山脊，这圆顶，这向着我穿越而来的山谷，你不知道它将带来怎样将我席卷过去的气流。

我也发现我所抵抗的对象并不是风，而是那山脊。虽然隔着距离，但是我在与那山搏斗。这搏斗在一种看不见的游戏中被延长着，以一种隐秘的肌肉游戏进行着，它与我针锋相对。在我的面前，在我的右方，我认出萨拉曼卡峰的尖顶，那是个完美的圆锥形状，耸立在海平面的上方。所以，我终于能向着海的方向逃出去了！可是我要先从这山的飓风下逃走，逃出它的"攻击"。萨拉曼卡峰是一个巨人，而我尊重它。

我经历了风暴第二次的暂时停息，总共两秒钟。某种东西在连接着，重新整合着，完结着。我很惊讶，睁大了眼睛，我的飞机好像在全身震颤、扩大着。它突然向上升高了五百米。之前整整四十分钟，我连六十米都没能飞上去，而此刻我突然挟制住了对手。飞机好像在一锅热水里一样震动着，海洋出现在我面前。山谷的前面露出了海洋的面孔。

然后距离海洋一千米的时候，没有片刻间隔地，我的腹腔受到了来自萨拉曼卡峰的攻击。一切都失去了控制，我被吹向了海面。

引擎被推到了最大，向着海岸线垂直飞过去。一分钟内发生了很多事情。首先，我并不是自己飞抵海边的，我是被一阵恐怖的"咳嗽"扔到海面上，被大炮的嘴巴"吐出"了山谷。就在我为了控制与海岸线的距离转出二百七十度的时候，我在前方十公里的地方看见了蓝色的海岸线。海浪起伏连绵，如同城堡上的城垛。我被强劲的风几乎按在海面上，我立即意识到要反抗的风的速度。可当我认识到自己犯下了错误的时候已经太晚了，我试图搞清楚这阻挡我往上飞的风速究竟是多少。我把引擎提到最大速度，时速二百四十公里（那个时候有可能的最高速度），距离海面二十米，我的飞机却仍保持着原地不动。

同样的风，如果它攻击的对象是一片热带丛林，那么它会像火焰一样地席卷树枝，将它折成螺旋状，把巨大的树木像一个小萝卜一样地连根拔起。而此时，它则从高处的山脉上一路猛冲向下，挤压着海洋。

面对着海岸线，引擎高速转动着，飓风像一条鞭子一样紧贴着，抽动着飞机。

在这个海拔高度，南美洲大陆已经很狭窄，安第斯山脉距离大西洋也已经不远。我需要对抗的不仅仅是袭击着海岸的狂风，还有从安第斯山脉那头倒过来的、正向我压过来的天空。在这条航线飞行了四年以后，这是我第一次对机翼是否能抵挡眼前的恶劣天气产生了怀疑。我也害怕自己会一头栽进海里。倒不是因为下行的风形成了一个像横向席梦思一样的组织，而是因为它出人意料的、那些颇有杂技色彩的姿势。面对每一次重击，我都担心我会无法再将机身摆直。最后，我担心一旦汽油耗尽，就会机毁人亡。我也做好准备，汽油泵会随时不再转动。气流引起的震动是如此强烈，导致半满的油箱不断令引擎停止转动，发出一种奇怪的声音，像长短不一的莫尔斯电码一样奇特。

操纵着沉重的飞机，专注于生理上的斗争，我能感觉到的好像只剩下一些最基本的情绪。我有点无动于衷地看着风在海面上留下的指纹。我看见巨大的白色水塘，每一片有八百米宽，以两百四十公里的时速向我奔来。飓风以横向的方式在水中爆炸式散开。

海洋呈现出绿与白的颜色。那是种如同被碾碎的糖的白色以及一片片祖母绿的颜色。在这一片混杂中，我无法辨识出一个个浪头的个体。浪花流淌在海里，风吹过去，激起一个个巨浪，如同秋天风吹过麦田，麦子舞动成一片的模样一般。有的时候在海滩之间，一片有点荒诞的清澈，让人看见那绿黑混合的景致，然后这面巨大的海的镜子又碎成无数碎片了。

是的，我应该是完蛋了。在斗争了二十分钟以后，我连一百米都没有飞出去。飞行是如此艰难，在距离岩石还有十公里的时候，我心想假如继续向它飞过去，我要怎么与气流对抗。我像一个正在对着大炮一步步走过去的士兵。但是此时的我并没有任何的恐惧。我头脑里一片空白，脑海里唯一的画面是如何往上飞。往上飞，继续飞，飞到高处去。

仍然有那么些短暂的停息。这些平静的时刻当然与我经历的猛烈风暴是有那么几分相似的，可我仍然感觉到了一种巨大的松弛感。立刻向风暴发出反击显得不那么迫切了。对于风暴短暂的停息，我能预感到它们的到来。并不是我在向着这些相对平静的区域走过去，这些镶嵌在大海中央的近乎绿色的绿洲，是它们在向我涌动过来。我在这片水域清楚地读到，不远处有居住着人的区域。而在每一次短暂的平静时分，我又重新拾起了思考与感受的能力。于是我意识到我完蛋了。于是焦虑一点一点地占据着我。当我看见朝着我的方向推进过来一阵新的、充满攻击性的白色浪潮，我突然感觉到一阵短暂的恐惧与不知所措。一直到我撞到那沸腾的边界，那隐形的、看不见的墙。我再次失去了感知的能力。

往高处飞！我坚定了这个迫切的愿望。这片安静的区域看上去好像没有止境般广阔深厚。于是我燃起了一种有点盲目的希望："我要往高海拔的地方飞……在高处我会找到其他的气流让我前进，我会的……"我趁着短暂的平静时刻试着快速往上飞，然而任务艰难，因为强劲的风仍然是个不容易战胜的对手。一百米、两百米，我当时想："如果我能飞到海拔一千米的高度我就得救了。"可是我在地平线处又重新看到了朝我扑来的白色气流。我放弃了，我不想再次陷入危险的境地。可是太迟了。第一个气流的攻击就令我猛地一个踉跄。天空顿时变成了一个令人无法站稳的圆顶，没有了我容身的地方。

如何对自己的双手发号施令？我猛然发现一个令我恐惧震惊的事实。我的手变得极为迟钝，好像死了一样。它不再给我传递任何信息。它一定是处于这种状态好些时候了，可我并没有发现。现在发现了这问题，又不知道是怎么回事，这才是更严重的。

强劲的风导致机翼弯曲变形，同时牵扯着操纵台的各种电线，导致操纵台混乱震动。四十分钟以来我用尽所有力气紧紧握着它，让它所承受的震动减低到最小，因为我怕电线会被震断。我握得如此紧，以至于感觉不到双手的存在。

多么惊人的发现！我的手不再是我自己的了。

我看着它们，举起一根手指，它服从了我。我又看了看其他的手指，做出了同样的决定。我并不知道手指是否会服从我，它没有给我任何的回应。我心想："如果我的手松开了，我要怎么才能知道呢？"然后我突然看着我的双手，它们在紧紧地握着，可我就是觉得害怕。当大脑与手的交流完全停止了，要如何分辨手究竟是真的张开着的，抑或只是一个臆想的画面？在臆想和行动之间要如何分辨？我必须祛除手张开这一臆想的画面。手有它们独立的生活，要避免它们走进这一诱惑中。于是我陷入了一种令人讨厌的、荒唐的重复行为中，一直到飞行的结束，我只有一个念头，唯一的念头，我不停地重复着这句话："我要握紧我的手，握紧我的手，握紧我的手。"我的一切好像都浓缩升华进这句话里，没有了白色的海，没有了气流，没有了山的起伏连绵。只有我牢牢地握着自己的手。没有了危险，没有了飓风，没有了无法抵达的土地。有那么一双橡胶的手，一旦它放开了操纵杆，在坠入无底深海前，将再也没有机会握住任何东西。

我什么都不知道。我什么都感觉不到，除了一片虚无空白。我的力量，我与风暴战斗的欲望都在渐渐消失。引擎继续着它或长或短黯淡的自语，好像一条被一点点撕扯殆尽的床单。当寂静的时间超过一秒钟，我感觉心脏好像停止跳动了。我的汽油泵不再转动了，一切都完蛋了！……不，谁知道它突然又再次启动了……

我读着机翼上的温度计，零下三十二摄氏度。可是我从头到脚都浸透着汗水。它流淌到我的脸上，如同跳舞一般。片刻后我发现，我的储备电池从它们的钢扣里被拔了出来，撞在舱顶上，被压得粉碎。我还发现机翼的侧身脱离了本来的位置，有些操作台的电线被磨得只剩下一些铜丝了。

我继续感觉到身上的力量被清空。我不知道什么时候自己会对那种疲倦感到麻木，渴望休息的愿望会变得无法压制。

我刚才都说了些什么？没什么。我觉得肩膀很痛，非常痛，好像我的肩上一直扛着沉重的包袱。我把身体往前靠。通过那透明、清澈的绿色，我可以看到海底所有的细节。然后风又一把将那画面吹走了。

在斗争了一小时二十分钟以后，我成功地向上方飞了三百米。在向南一点的方向，我看见海上一条长长的印记，如同蓝色的河水一般。我决定向那河流的方向飞过去。这里我既没有前进，也没有后退。如果我能通过某种方式抵达那河流，也许我能慢慢向着海岸线飞过去。于是我任由自己向左偏航。同时，我觉得风也没有先前那么猛烈了。

我用了一个小时飞了十公里。在岩石的掩护下，我向着南面飞下去。接下来的路程我成功地保持了海拔高度，让我能飞在陆地内部。我顺利地维持在三百米的海拔。天气依然恶劣，但是比刚才要好得多。早先糟糕的飓风结束了。

我看到地面上有一百二十个士兵。因为飓风，他们被调来等待我的降落。我于是下降在他们的中间。在一个小时的各种机械操作以后，飞机进入了停机库。我从驾驶舱走出来。我什么都没有对同伴们说。我很困倦。我缓慢地摇着刚才失去了知觉的手指。我感觉自己刚才在天上的时候，好像隐隐约约有点恐惧。我害怕了吗？我见证了一场奇怪的表演。什么奇怪的表演呢？我不知道。

天空是蓝色的，大海是白色的。我感觉我好像应该把刚才经历的那一切诉说给谁听，因为我从如此遥远的地方回来了！可是我对我所经历的又毫无掌控。"想象一下白色的大海，极其的白，非常非常的白……"好像除了形容词的堆砌我找不到其他的叙述方式，好像一切的交流都是结结巴巴、不清不楚的。

我什么都不说，因为没有什么可说的。在令人煎熬的思想念头中，在那疼痛的肩膀里，本质并没有任何真正的悲剧，萨拉曼卡峰的峰顶上也没有。虽然那山顶如同一个炮弹储藏室，可是如果我对人这么说，人家会笑起来，我自己也会。我对萨拉曼卡峰的峰顶充满了敬畏，仅此而已。这不是什么悲剧。

人的世界里，除了人类之间的关系，其他的事物里面既没有悲剧，也没有泛滥的感情。也许明天当我重新想起我经历过的这场风暴，将它充满美化地想象一遍，我活着走出了这地狱一般的风暴场景时，我会感动无比。可是这终归只是在骗人。因为那个在暴风雨中用尽一切力气与风暴做斗争的男人是无法同第二天那个幸福的男人相提并论的。他当时自顾不暇。

我在这场战斗中的战利品不值一提，我带回来的发现算不了什么。我的鉴证如下：当感知能力无法被传播时，要如何分辨一个简单的想象画面与真正的意愿？

如果我同你们讲个小孩如何遭受了不公正惩罚的故事，也许你们会很容易就被我打动。可我偏偏向你们描述了一场也许令你们根本就无动于衷的风暴。每个星期，我们不是都舒服地陷在电影院的椅子里，看着某座城市正在遭到轰炸吗？我们可以丝毫不恐惧地看着龙卷风一般的烟灰慢慢从人造的火山升向天空。然而我们都知道，伴随着粮仓里的粮食、一代代人的遗产、家庭的宝藏一起在烟尘中消散的，是孩子与他们的前辈们的血肉身躯。

物质上的悲剧，只有当它显示出了精神上的表现与意义，才会真正地触及人们。

- End -

风沙星辰

作者 _ [法]安托万·德·圣埃克苏佩里　译者 _ 梅思繁

产品经理 _ 白东旭　装帧设计 _ 林林　内文插画 _ 易杨　产品总监 _ 黄圆苑
技术编辑 _ 丁占旭　责任印制 _ 梁拥军　出品人 _ 李静

营销团队 _ 闫冠宇　郭刘名　孙菲　杨喆

鸣谢（排名不分先后）

元婴　玄机

果麦
www.guomai.cn

以 微 小 的 力 量 推 动 文 明

图书在版编目(CIP)数据

风沙星辰/(法)安托万·德·圣埃克苏佩里著;
梅思繁译. -- 成都:四川文艺出版社,2023.6(2024.7重印)
ISBN 978-7-5411-6664-8

Ⅰ.①风… Ⅱ.①安… ②梅… Ⅲ.①长篇小说－法
国－现代 Ⅳ.①I565.45

中国国家版本馆CIP数据核字(2023)第099874号

FENGSHA XINGCHEN
风沙星辰
[法]安托万·德·圣埃克苏佩里 著 梅思繁 译

出 品 人	冯　静
责任编辑	陈雪媛
装帧设计	林　林
责任校对	段　敏
出版发行	四川文艺出版社(成都市锦江区三色路238号)
网　　址	www.scwys.com
电　　话	021-64386496(发行部)　028-86361781(编辑部)
印　　刷	北京世纪恒宇印刷有限公司
成品尺寸	127mm×184mm
开　　本	32开
印　　张	7.5
字　　数	120千
版　　次	2023年6月第一版
印　　次	2024年7月第四次印刷
印　　数	19,301—24,300
书　　号	ISBN 978-7-5411-6664-8
定　　价	55.00元

版权所有　侵权必究
如发现印装质量问题,影响阅读,请联系021-64386496调换。